ローゼンクロイツ

黄金の都のスルタン

志麻友紀

12646

角川ビーンズ文庫

ローゼンクロイツ
黄金の都のスルタン

ローゼンクロイツ
人物紹介
モンフォール公爵オスカー
“黒公爵”と他国から怖れられる、アキテーヌの美貌の名宰相。幼い国王の叔父に当たり、代わりに政務をまとめる。
公妃セシル(ローゼンクロイツ)
かつて大陸を騒がせた怪盗にして絶世の美姫。男ながら、異父妹であるファーレン皇女の身代わりとしてオスカーに嫁ぐ。

ファルザード
東大陸の大帝国・ナセルダランの若きスルタン。叔父を自ら処刑し、帝位につく。苛烈で奔放、型破りな性格。
皇太后（ヴァリデ・スルタン）
ファルザードの実母。ハレムの実権を握っている。ファルザードを廃し、温厚な次男を帝位につけようと企む。
アルマン（ハロルド・ネヴィル）
オスカーのもと親友。王位簒奪の策謀の末、アキテーヌから逃亡。現在はアルビオン皇太子の側近となっている。

イラスト／さいとうちほ

1

謝肉祭—カーニバル—。

ロンバルディア特有の抜《ぬ》けるような青空の下、船首に海竜《かいりゅう》の頭を模した彫《ほ》り物をつけた黄金《おうごん》のゴンドラが、街を貫《つらぬ》く大運河を行く。それに乗る花冠《かかん》をつけた妖精《ニンフ》の格好《かっこう》をした若い娘《むすめ》達が、花びらを振《ふ》りまき、見物に詰《つ》めかけた人々の歓声《かんせい》を誘《さそ》う。

海に浮《う》かぶ一粒《ひとつぶ》の真珠《しんじゅ》とたたえられる都カンパラーラ。

古《いにしえ》、東方からの騎馬《きば》民族の侵攻《しんこう》を逃《のが》れた人々が、馬が入れぬ川の中州《なかす》に石を積み街を築いた。その後、東大陸との貿易の拠点《きょてん》として栄え、都市となった。信心深い商人の都らしく、市街の中心には巨大《きょだい》な白いドームを持つ大聖堂《カテドラル》と高い尖塔《せんとう》がそびえ、遠くから見ても〝ロンバルディアの白き真珠〟の名にふさわしい、美しい都だ。

街は今、カーニバルの真っ最中だった。人々は美しくも奇妙《きみょう》な、悪魔《あくま》、動物、神話上の登場人物などの仮面をつけ、これまた華《はな》やかな布やレース、リボンを飾《かざ》り立てたマントを身に纏《まと》って、街を練り歩く。

仮面とマントに隠《かく》してしまえば、身分や生まれなど関係ない。貴族も金持ちも庶民《しょみん》も、今は関係なくにこやかに挨拶《あいさつ》を交《か》わしあい、ときには握手《あくしゅ》をし、婦人の手の甲《こう》に挨拶のキスを降らせる。

そんな人混《ひとご》みの中でも、目立つ一対《いっつい》の姿があった。黄金に輝《かがや》く蜜《みつ》の色をした髪《かみ》を垂らした娘と、つややかな黒に近い褐色《かっしょく》の髪を長く伸《の》ばした長身の男。

娘の顔は、女神《めがみ》の顔を象《かたど》った仮面で目元の部分は覆《おお》われているが、それでも覗《のぞ》いた口元が浮かべる笑《え》みは愛らしく、仮面の奥から投げかける灰色とも青紫《あおむらさき》ともとれる瞳《ひとみ》の色は、とても表情が豊かだ。レースとリボンを多用した薔薇色《ばらいろ》のマントもよく似合っている。人々の目を引きつけずにはおかない、何とも言えない魅力《みりょく》がある娘だった。

男のほうは、娘とは違《ちが》った意味で人の気を惹《ひ》く雰囲気《ふんいき》を漂《ただよ》わせていた。娘が人々を包みこむような春風だとすれば、男は北の真白き平原を通り過ぎる刃《やいば》のような木枯《こが》らしだろう。

娘と同じく、その目元は黒羽をはり付けた悪魔の仮面に隠れて詳《くわ》しい面相はわからない。しかし、男が漂わせる雰囲気と同じく、その奥で輝く黒い瞳は厳しく、遥《はる》か高みより全《すべ》てを見下ろす鷹《たか》のような精悍《せいかん》さである。形のよい、酷薄《こくはく》そうな薄《うす》い唇《くちびる》も引き結ばれ、祭りを楽しみ口元が緩《ゆる》みがちな人々の中で、にこりともすることはない。

身に纏ったマントは、そんな彼にふさわしく漆黒《しっこく》。ただ、ガラスのビーズがところどころに縫《ぬ》いつけられ、キラキラと輝く。星空を模したものだ。

「もう、そんな顔しないの！　せっかくのお祭りだっていうのに！」

娘——セシルが、そんな男の不機嫌《ふきげん》にため息をつき、口を開く。

「お前は仮面をつけているというのに、私の顔がわかるのか？」

男――オスカーが答える。とたん、仮面の内側にあるセシルの眉《まゆ》が険しく跳《は》ね上がる。

「もうっ！　屁理屈《へりくつ》いわないの！　そんなに嫌《いや》ならついて来なけりゃよかったのに！」

「目を離《はな》すと、すぐにどこかへふらふらと行ってしまうのは、どこの誰《だれ》だ？　お前は、この私の妻で、アキテーヌの公妃《こうひ》なのだぞ。もっと自覚を持って……」

「はいはい、それでお偉《えら》いアキテーヌの公爵《こうしやく》様にして宰相《さいしょう》様は、その妻の身を心配して〝仮面をつけたらんちき騒《さわ》ぎ〟にこうしてご同道下さったわけですね」

セシルは、オスカーがこのカーニバルを軽蔑《けいべつ》して述べた言葉を嫌みったらしく、繰《く》り返した。人が楽しみに見たいといった祭りを、こんな風に言うなんて、本当にこの仕事中毒の堅物《かたぶつ》夫め！

そう、二人はこの西大陸において、東のファーレン帝国《ていこく》と並び称《しょう》される西の大国アキテーヌの宰相と宰相夫人であった。モンフォール公爵オスカーは、アキテーヌの現王ルネの叔父《おじ》であり、十歳の幼い王に代わり国務の全てを取り仕切っていた。常に黒い衣服を身に纏い、その切れ者ぶりから、黒公爵、黒衣の宰相と周辺国に恐《おそ》れられている。

セシルは、ファーレン帝国皇帝《こうてい》ヴェルナーとその愛妾《あいしょう》ハノーヴァー夫人との間に生まれた皇女とは表向き、実は夫人が前夫とのあいだにもうけた子供であり、元は大陸の夜を騒がせた怪《かい》盗《とう》ローゼンクロイツ。そのうえ、男というのは、セシルとその周辺の人々しか知らない、今やアキテーヌにとっては最重要機密となった秘《ひ》め事《ごと》だ。

元は暗殺された妹皇女の身代わりとして、また暗殺の秘密を探《さぐ》るためのスパイとしてセシルはオスカーと出会った。名実共に〝夫婦〟となるには色々な紆余曲折《うよきょくせつ》があったのだが、とりあえず今は幸せな結婚《けっこん》生活を営んでいる。

その二人がロンバルディアにいるのは、カンパラーラの市長の就任式に参列するためだった。カンパラーラの市長は、四年に一度、街の代表者である参事達の投票によって選ばれるが、選挙とは名ばかりで、市長の座は代々フェッツ一族というこの街一の豪族《ごうぞく》の出身者に独占《どくせん》されている。

それが父から息子《むすこ》へと代替《だいが》わりしたばかりの最初の就任式とあって、現地の大使ではなく、とくに宰相であるオスカーが国王の名代として、夫人を同道のうえ訪《おとず》れたわけである。

当初の予定では、就任式のすぐあとに帰国する予定だったのだが、三日後に開催《かいさい》されるというカーニバルを是非《ぜひ》とも見物してから帰りたいと、セシルが言い出し……。

「たとえ、不承不承でも仮面をつけて祭りに出てきたんだから、楽しもうって気はないわけ？」

楽しみにしていた気分に水をさされて、セシルは少しご機嫌斜《なな》めだ。

「性分《しょうぶん》なのでな。無駄《むだ》な馬鹿騒《ばかさわ》ぎにつきあうほどお調子者ではない」

だめだこりゃと肩《かた》をすくませて、周りを見る。

この近くでとれる雪のように白い大理石のドームが印象的な聖堂《カテドラル》。その前の広場には、大勢の人々が詰めかけていた。皆《みな》、色とりどりの仮面とマントを身につけ、この地方の名産である林檎酒《りんごしゅ》や白ワインが満たされているだろう酒の杯《さかずき》を片手に談笑《だんしょう》する者達や、辻楽士《つじがくし》の奏《かな》でる音に聞き入る者達の姿が見える。

セシルの近くでも、穴の開けられた紙の楽譜《がくふ》を読みとるハンドオルガンが、軽快な音色を奏で、酒に酔《よ》った者も酔わない者も、自然に踊《おど》りの輪を作っていた。

「踊ってくる！」

「おい！　セシル！」

オスカーが止める間もなく、セシルはその輪の中にすぐにとけ込み、その明るい笑顔と快活さでたちまち輪の中心となる。どこで覚えたのか、それとも見よう見まねか、その土地の民族舞踊《ぶよう》だろう、弾《はず》むような足さばきのステップも見事なものだ。

まったくアキテーヌの公妃が……と仮面の下で眉間《みけん》に皺《しわ》を寄せていたオスカーの表情も、それを見つめているうちに和《なご》む。そこが輝くような宮殿《きゅうでん》の大広間でも、このような青空の下でも、人の輪の中心にはセシルの姿がある。明るい笑い声と人々の笑顔と共に。

しかし、オルガンの音が一旦途切《いったんとぎ》れ、踊りにも一息入ったとき、オスカーの眉間により深い皺が刻まれることになる。瞬間《しゅんかん》にわいた怒《いか》りによって。

そのときちょうどセシルの手を取り踊っていた青年——それなりの身なりの良さからみて地

元の名士か下級貴族の子弟《してい》だろう――が、セシルの手を離さず、そこに明らかに挨拶以上の接吻《せっぷん》の雨を降らせながら言ったのだ。

「可愛《かわい》い君。どう？　これから、僕と林檎酒でも飲みながらゴンドラで街を行かないか？　もうすぐ夕暮れの街は、すごく綺麗《きれい》だと思うよ」

「あら、残念ですわ。わたくし、連れがおります……の」と、やんわり断ろうとしたセシルの声に、不機嫌な低音が重なる。

「これは、私の連れだがなにか？」

長身に闇色《やみ》の髪を長く伸ばし、悪魔の仮面に黒いマント。怒りを通り越《こ》して、殺意さえ感じる敵意を、全身にたたえたオスカーに、青年は「い、いえ」と答え、逃《に》げるように人混みの中へ。

オスカーも、セシルの手を取ると強引《ごういん》にその腕《うで》を引き、大股《おおまた》の急ぎ足で広場から離れる。

「ちょ、ちょっと！　どこへ行くの？」

「祭り見物は終わりだ、帰るぞ」

「冗談《じょうだん》！　まだ、外に出たばかりじゃないか！　日が暮れてから、本番だっていうのに！」

大運河の周りには篝火《かがりび》が焚《た》かれ、幾層《いくそう》ものゴンドラに引かれた巨大な船の山車《だし》が、姿を現すのだ。海神の扮装《ふんそう》をした市長がそれに乗り、街の端《はし》、運河の終わり、すなわち海原に向かって黄金の指輪を投げる。カンパラーラを守護する、海の女神との婚姻《こんいん》の証《あかし》として。

女神よ、女神よ、この街は貴女《あなた》のもの。

そして貴女の愛と守護は我らのもの。

永遠に我らを包み込み、抱《いだ》き賜《たま》え。


遠い昔、騎馬《きば》に乗った東方の狼《おおかみ》達のあぎとから逃《のが》れ、人々がこの街を築いたときより、海はその最大の守護者だった。その水の壁《かべ》が、蹄鉄《ていてつ》にこの街が蹂躙《じゅうりん》されることを阻《はば》み、そしてその水を渡《わた》りやって来る東方からの船が、この街に富をもたらした。

水牛の角で造った古《いにしえ》から伝わる杯を掲《かか》げ、市長が中身を飲み干す。それに合わせて、市民や見物人達も一斉《いっせい》に乾杯《かんぱい》の声をあげる。夜空には花火が上がり、舞《ま》う花吹雪《はなふぶき》。祭りの最高潮はこれからだというのに。

「私のほうこそ、冗談ではない。

夜が更《ふ》けるまで、あちらこちらで愛想《あいそ》を振《ふ》りまくお前に、いちいち冷や冷やしていたのでは、こちらの忍耐《にんたい》がもたないのでな」

「このヤキモチ焼き！　あんなの、祭りで酒が入っていたら当たり前だろう⁉」

「お前がにこにこと気軽に愛想を振りまくからだ。あれでは男が誤解してもおかしくない」

「ちょっと！　それじゃまるで俺が男とみれば誰でもしなだれかかる、軽薄女《コケット》みたいじゃないか！」

「そのとおりだ」

「なっ！」

「とにかく帰るぞ」と引っ張るオスカーの手を、きつく振り払《はら》う。

「そんなに帰りたきゃ、一人で帰ればいいだろう！　俺は戻《もど》らないから！」

「おい、セシル！」と、呼び止める声を無視して、セシルは祭りの人混みに紛《まぎ》れ、追ってくるオスカーを振り切った。


——まったく、もう！　もう！　オスカーったら！

ぷんぷんと怒《おこ》りながら足早に石畳《いしだたみ》の街を歩く。

いつの間にか、人通りの多い道からはずれて、裏通りへと入っていた。中州《なかす》を埋《う》め立てた街の敷地《しきち》は限られており、たいがいは三階、四階建ての高い建物が、肩を寄せ合うようにして密集している。路地は狭《せま》く、運河も網《あみ》の目のように張り巡《めぐ》らされているため、裏通りは複雑怪奇《かいき》な迷路と化している。

——ここどこだろう？

迷ったことはわかったが、大通りに出ればなんとかなると思っていたセシルは、気楽なものだった。むしろ、あかね色に暮れなずむ街の景色を楽しみ、そぞろ歩く。狭い水路にかかった虹《にじ》のようなアーチを描《えが》く石橋の頂点で、ため息をついた。

下を見れば、ちょうど逢《あ》い引き中の恋人《こいびと》達だろう二人を乗せたゴンドラが通り過ぎて行った。覗《のぞ》いているセシルのことなど知らず、恋人達は仮面を外し接吻を交《か》わしあっている。今は、互《たが》いのことしか見えないのだろう。ゴンドラを操《あやつ》っている船頭の目さえ気にならない。燃え上がる愛とはそんなものだ。

――本当にもう、俺が祭りを楽しみにしていたの、わかっているクセに。

そう、わかっていたからこそ、自分は嫌《いや》なのにわざわざあんな格好《かっこう》をしてまで、ついて来てくれたのだ。一人で行かせるのが心配で心配で。

――俺は男だし、保護者が必要な子供でもないんだけどな。

わかっていての心配性《しょう》だから質《たち》が悪い。自分に近づく男達に目くじら立ててるのも、それだけ愛しているからだ。

きっと今頃《いまごろ》は、心配してあちこち捜《さが》し回っているだろう。もしかして、ピネまでかり出しているかもしれない。だとしたら、あのオスカーに忠実な巨軀《きょく》の侍従《じじゅう》が可哀想《かわいそう》だ。政《まつりごと》の用事でかり出されるならともかく、夫婦喧嘩《ふうふげんか》の末に消えてしまった主人の妻を捜すなど。

「そろそろ戻ろうかな……」

呟《つぶや》いた。その時に、甲高《かんだか》くも哀愁漂《あいしゅうただよ》う笛の音に振り返った。

見れば一人の道化《どうけ》が居た。彼の吹《ふ》く、横笛の音の見事さにしばし聞き入る。

しかし、こんな人通りのない裏路地で披露《ひろう》しても、自分以外は観客などいないだろうに、どうして？　と疑問に思い始めた頃、彼は演奏を止《や》めて、仮面ではない、だが人相などはまったくわからない白塗《しろぬ》り、目の周りは星の形に青と赤、そして口は大きくオレンジに縁取《ふちど》った唇《くちびる》を歪めて笑った。

「このようなところで、美しいご婦人が憂《うれ》い顔《がお》。人々の気を引き立たせるのが、この道化の役目、一つ得意の笛を奏《かな》でてみたわけで」

「……にしては、ずいぶんもの悲しい音でしたわね、道化さん」

セシルは微笑《びしょう》し応《こた》える。

「おお、これは失礼を。美しいあなたの心をこの胸の鏡に映して、つい思いのままに音を奏でてしまいました。ならばこれならいかがかな？」

次に道化が奏でたのは、鞠《まり》が弾《はず》むような滑稽《こっけい》な曲。また、目を見開き首を振り、先のとがった靴《くつ》でステップを踏《ふ》む仕草もおかしく、セシルは声を上げて笑った。

「素敵《すてき》ね。すっかり明るい気分になりましたわ」

「おお、それは上々。では、どうですかな？　その明るくなった道行きの先、占《うらな》っては？」

「占い？」

「当たるも八卦《はっけ》、当たらぬも八卦、今宵《こよい》は海の女神《めがみ》が我《わ》が街と婚姻される日。あなたの運命も海の道に映し出されるかもしれません。ささ、こちらへ」

どうやら、こちらが本当の目的だったらしい。だとしたらずいぶんと手間のかかる客引きだ。

しかし、道化の笛の音にすっかり沈《しず》んでいた気分が癒《いや》されたセシルは、ここで断る気にもなれず、踊《おど》るような歩みで路地を行く道化のあとをついていく。

「ささ、こちら、こちら」

道化が手で指し示したのは、路地の奥。いつの間にやら、港の倉庫街の裏に出てしまったらしい。そんな石造りの建物に囲まれた少し開けた場所に、張られたテント。

道化の着ている服と同じく、そのテントは色とりどりの布でできており、これまた色とりどりの風車があちこちに飾《かざ》られてくるくると回っていた。あまり見つめていると目が回りそうだ。

あとになって考えればそれさえも、罠《わな》の一つだったのかもしれない。

「お一人様、ご案内！」の声に背中を押されるようにして、テントの中に入る。まず最初に感じたのは、独特の香《こう》の香《かお》り。そして薄暗《うすぐら》く狭く、闇に目が慣れるのに少し時間がかかった。

「こちらにお座りなされ」

それを見計らったように老婆《ろうば》の声がした。目の前には小さな机と、その向こうに座るジプシー女の姿が。黒いフード付きのマントを目深《まぶか》に被《かぶ》り、その表情は皺《しわ》だらけの口元しか見られない。

セシルは言葉通り、机を挟《はさ》んだ反対側、背もたれのない粗末《そまつ》な木の椅子《いす》に座った。目線の高さを一緒《いっしょ》にすると、老婆の顔がよく見えた。とがった鷲鼻《わしばな》の、いかにも占いの婆《ばば》。まるで、おとぎ話に出てくるような魔法使《まほうつか》いの風体《ふうてい》を思わせる。

「ふむ、珍《めずら》しい相が出てなさるね」

老婆はセシルの顔を見るなり言った。当たっているにせよ、いないにせよ、気になる言葉ではある。

「どんな相ですの？」

「まず、この水晶玉《すいしょうだま》を覗《のぞ》いてくだされ。あなた様の運命が見えるはず」

セシルは老婆の前に置かれた、大きな水晶玉を見た。いかなる仕掛《しか》けか、水晶には紫《むらさき》や赤、金や銀の色が揺《ゆ》らめき、渦《うず》を巻き、光り輝《かがや》いて見える。

「まず、あなた様の過去。これは…二つの運命が重なって見えなさる。珍しいことじゃ、一人の人間の運命が、二つあるなど。

運命はあるとき離《はな》れ、だが再び重なり……いや一つの運命が消え、あなた様の運命につながりなさった。あなた様は分身とも言える運命を失い、そして生き残った」

「ええ……そうよ。大切な子だったわ」

セシルは憂い顔になりうなずいた。双子《ふたご》のようにそっくりだった妹、小王女《レネット》と呼ばれていた彼女のことは時折思い出す。二つの大国の策謀《さくぼう》に翻弄《ほんろう》され理不尽《りふじん》にも暗殺されることとなった。しかも、その死は公表されることなく、自分が身代わりになることで、彼女の存在を消してしまったことになったのだろうかと……。

本来ならば本物の皇女セシルである彼女が、オスカーの妻となるはずだった。自分が彼女の運命を奪《うば》う形になったのではないか？　そんな考えをオスカーに話したことがある。

だが、彼はきっぱりと言った。『今、私のそばにいるのはお前だ』と。

『それは、考えられた過去の一つに過ぎない。彼女の死は確かに痛ましいが、だからと言ってお前が罪悪感を感じることはない。

なにより、私はお前に出会えて良かったと、今が幸福だと感じている。それまで、偽《いつわ》りだとお前は否定するのか？』

過去は変えることはできない。そして、セシルもオスカーに出会えて良かったと思っている。ならば、その機会を与《あた》えてくれたレネットに感謝しよう。彼女の死を悼《いた》んでも、後悔《こうかい》することはないように。

「しかし、一つの運命が離れ、もう一つの強い運命があなた様に寄り添《そ》った。これは強い。とても、強い……」

「ええ、強い男《ひと》です」

「だが、あなた様は再び流転することになられそうじゃ。その強い運命とも離れて」

「そんな！」

思わず顔を上げようとしたセシルを、「水晶から目をお離しなさるな！」という、占い婆の強い声が制する。思わず従ってしまったのは、すでにその水晶から目を離せなくなっていた証《あかし》なのかもしれなかったが。

「……今、あなた様はあの伝説の、人の運命を刻むというロウソクの炎《ほのお》を取り出し見ているのですぞ。これほど激しく動く炎から目を離せば、どのような狂《くる》いがまた生じるかわかりませぬ。それでなくとも……おお、あなた様の運命は、この西大陸を離れ、東の国へ。この都の白きドームと似てながら、黄金に輝く屋根の神殿《しんでん》、違《ちが》う神々を信じるお国へと。

ここと同じく海が見えるあの都へ。その異国の王のそばへと侍《はべ》る姿が……おお、これは大変なご出世じゃ。あの大君《スルタン》の妃《きさき》になられるなど……」

「なにを馬鹿《ばか》なことを言って！　わたくしはオスカーの……」

さすがに顔を上げて老婆に抗議《こうぎ》しようと思ったとき、くらりと視界が揺らめいた。水晶から目を離したのに、瞳《ひとみ》に刻まれたのはあの渦巻く金や銀や紫の色。そして鼻をかすめる強い香の匂《にお》い。

しまった！　と思ったときは遅《おそ》かった。セシルの意識は闇《やみ》へと沈み、机へと突《つ》っ伏《ぷ》した。

水晶が台座から転がり落ちようとして、高価なそれを老婆がとっさに両手でつかむ。その水晶に一瞬《いっしゅん》ひらめいた色を見て、深い皺が刻まれた老婆の表情が動く。

同時にテントに入ってきたのは、案内をしたあの道化。机に伏せ、瞳を閉じるセシルの横顔を眺《なが》め口笛を吹き。

「見れば見るほど上玉だな。これなら高く売れるぜ。ん？　どうした婆さん？」

じっと自分の手の中の水晶玉を見つめている老婆に、道化が声をかける。

「いや、水晶玉の中に金と黒と銀、三つの光が躍《おど》ったように見えたのじゃが……」

「気にすることはねぇだろう。どうせ当たんないんだからな」

「罰当《ばちあ》たりな！　この婆《ばば》の占いは当たると評判なのじゃぞ」

「へいへい、昔はね」と道化は取り合わず、意識を失ったセシルの身体《からだ》を抱《だ》き上げ、テントを出ていった。老婆は未《いま》だ自分の見た卦にこだわり。

「金と黒は初めから寄り添っておった。そこに割り込むように銀が……はて……」

いずれにしても、海の向こうに売られる娘《むすめ》の運命を老婆が確かめることはできない。それを残念だと初めて思った。

⚜

裏路地の石畳の上。オスカーは、捨てられた薔薇《ばら》色のマントと共に、見覚えがある仮面を拾い上げる。

「これは、セシルの……」

白い女神《めがみ》の面、左頬《ほお》には涙型《なみだがた》にカットされたクリスタル。大運河沿いの表通りから差し込む真昼のような篝火《かがりび》の光を反射して、一瞬オレンジ色に光った。

大運河を埋《う》め尽《つ》くすゴンドラは全《すべ》て花で飾られ、ニンフの透《す》ける薄衣《うすぎぬ》を纏《まと》い、花冠《かかん》を被った乙女《おとめ》達が乗り込み、花を振《ふ》りまく。そして、その行進の先頭を行く巨大《きょだい》なゴンドラ。海の神話に出てくる神々、怪獣《かいじゅう》、妖精《ようせい》の彫像《ちょうぞう》で飾られた、まるで小さな城のようなそれから、海神の扮《ふん》装《そう》をした市長が姿を現すと、沿道に詰《つ》めかけた見物人から一斉《いっせい》に歓声《かんせい》がわき起こった。

謝肉祭《カーニバル》の最高潮。この街を護《まも》る海。その海との永久の婚姻《こんいん》の証に、仮の夫である市長の手から落とされる金の婚約指輪。美しき女神への捧《ささ》げ物《もの》。

『気をつけると良い』

かつて、親友《とも》だった男の言葉がよみがえる。

『女神はとても嫉妬《しっと》深《ぶか》くて、あの祭りに行った恋人《こいびと》達はことごとく離ればなれになると評判だそうだよ』

『馬鹿《ばか》馬鹿しい。単なる迷信だな』

『君ならそう言うと思っていたよ。だけど本当に美しい恋人を連れて行くのはよしたほうが良《い》い。

女神の嫉妬というのはともかくとして、あの祭りの時期になると、街はそれに乗じての人さらいが横行して……』

迷信などは信じない。あのセシルに限ってまさか……という思いもある。

しかし。

「セシルを捜《さが》してくれ」

影《かげ》のように、後ろに従うピネに言う。小山のような大男は、無言で一礼すると表通りの人混《ひとご》みに紛《まぎ》れる。

「本当にどこへ行った、セシル……」

手に持った女神の仮面に呟《つぶや》いた。

2

波の音がする。

ちゃぷちゃぷと底を叩《たた》くような音。まるで自分がゴンドラか小舟《こぶね》に寝《ね》ころんでまどろんでいるような、そんな感覚。

目を開く。見上げた壁際《かべぎわ》、高い位置にある木の枠《わく》だけの窓から差し込む太陽の眩《まぶ》しさに、手を翳《かざ》した。毎朝昇《のぼ》るそれを見慣れているはずなのに、ことさら眩しく感じた。空の色も強く青い。

「ここは……?」

セシルは半身を起こし、あたりを見回した。そこはゴンドラや小舟ではなく、薄暗《うすぐら》く四角く仕切られた部屋だった。床《ゆか》も周囲の壁も古くささくれ立った木でできており、唯一《ゆいいつ》の光源はさっきみた明かり取りの窓だけだ。

「水音？」

セシルは床に手を当ててみた。不思議なことに木の床からちゃぷちゃぷと、目覚めかけたとき耳にした音が響《ひび》いていたのだ。

「気がついたのかい？」

扉《とびら》が突然《とつぜん》開いて、太った褐色《かっしょく》の肌《はだ》をした女性が現れた。見たこともない……今のセシルにはそうとしか説明のしようがない……格好《かっこう》をしている。しいて言うなら、異国風の。

「なかなか起きないんで、寝たまんま服をはいで洗っちまおうかと思ったよ。でも、その服もなかなか高く売れそうだったんでね。無理矢理脱《ぬ》がせたら、破いちまいそうで……」

女は薔薇色のドレスを着たセシルを上から下まで値踏《ねぶ》みするように見る。

「あんたなら、隣《となり》の部屋にいる田舎娘《いなかむすめ》達みたいに、垢《あか》や汚《よご》れを落として磨《みが》かなくても、高値で売れそうだね」

「ここは、どこ？　あなたは一体⁉」

「あたしの名前なんて尋《たず》ねるんじゃないよ！　どうせ、売られるまでのつきあいだ。ここは、ナセルダランの都キジル・エルマ。スルタンがおわす君府だよ」

「ナセル……ダラン……？　キジル・エルマ……？」

普通《ふつう》ならばすぐに、それが東大陸の大国の名前であり、しかも西大陸に一番近い国——古《いにしえ》、ファーレンの帝都《ていと》さえ脅《おびや》かしたことがある、悪魔《あくま》の王と呼ばれた君主《スルタン》がいた国——と、思い出しただろう。

だが、今はそれができなかった。耳慣れぬ響きと、相変わらず理解できない状況《じょうきょう》に混乱するばかりだ。

「さあ、脱ぐんだ」

女が自分のドレスに手をかけようとしたのに、驚《おどろ》いて飛び退《の》く。

「な、なにを！」

「浴場《ハマム》に入るんだ。あんたを裸《はだか》にして綺麗《きれい》に磨いてやるよ」

「裸だって！　どうして、そんなこと！」

「恥《は》ずかしがることはないよ。どうせ、競《せ》りにかけられるときにはすっ裸にされて男達に値踏みされるんだからね」

「競りって……！　一体⁉」

「まだ、わからないのかい？　そういえば、あんたの身なりがあんまり良いんで、用心に葉っぱを使ったって聞いたけど……。

はっきり言ってあげる。あんたは西大陸のどこの街か知らないけど、そこからさらわれて売られてきたんだよ。ナセルダランの奴隷商《どれい》にね」

「売られて……きた？」

「そう。西大陸の、とくにあんたのような金色の髪《かみ》をした美しく若い娘は高く売れるんだよ。奴隷としてね」

「奴隷って！　そんな！」

「あきらめな。さらわれて、あんたを知る者なんて誰《だれ》もいないこんな国に売られてきたんだ。戻《もど》ることとなんてもうできないよ。

さあ、もう競りが始まっている。あんたは今回の競りの目玉だから一番最後だけど、とっとと用意を終えないとね」

奴隷という言葉に呆然《ぼうぜん》となっていたセシルだったが、再び伸《の》びてきた女の腕《うで》をきつく振り払《はら》う。その脇《わき》をすり抜《ぬ》けて、彼女が入ってきたドアをくぐり、次の部屋へ。

周りは、閉じこめられていた小屋と同じく木の壁だったが、床は石造りで、奥に竈《かまど》があり、上にのせられた大釜《おおがま》からもうもうと湯気が立ちこめていた。どうやら、ここが浴場らしい。

「こら！　どこに行くつもりだい！」

女が追ってきたので、慌《あわ》てて駆《か》け出した部屋の奥、目の前にある扉をあけた。

そこはまた狭《せま》い部屋になっており、壁に沿うようにして、娘達が頭から布を被《かぶ》ってうずくまっていた。セシルが勢い良く飛びこんできたのを見て、目を丸くしている。

「ちょっと！　ハマムにも入らないで、その部屋に行くのは早いよ！」

あの女が隣の部屋からまだ声をあげて追いかけて来ようとしていたので、セシルはさらに隣の部屋へと行こうとした。だが、外側からだろう、鍵《かぎ》がかかっていて出られない。ドンドンと壊《こわ》れんばかりに、その粗末《そまつ》な木の扉を叩く。

「なんだ！　騒《さわ》がしい！」

鍵が開いて——いやもしかしたら、その男がもたれていただけなのかもしれないが、頭に薄汚れた白い布のターバンを巻いた男が、顔を覗《のぞ》かせた。セシルはその男を突《つ》き飛ばし、さらに先へと進む。

「娘《むすめ》が逃《に》げたぞ！」尻餅《しりもち》をついたその男が叫《さけ》んだ言葉に、男の仲間である奴隷商人達も、競りにやってきた客達も初め、きょとんとしていた。

ちょうどその時、競りにかけられていた娘もだ。身を覆《おお》っていた布を取られ、全裸《ぜんら》の身体《からだ》を男達の目にさらし、恥辱《ちじょく》のあまり泣き出しそうになっていたその涙《なみだ》も引っこむ。自分の脇《わき》をすり抜け、ドレスの裾《すそ》をひるがえし、舞台《ぶたい》のようになっていた競り台を飛び降り駆けていった、その姿を呆然と見送る。

セシルは、木の長い椅子《いす》が横並びに並ぶ客達の席をも抜けて、ドア代わりの洗いざらしの布をはねのけた。

外の光の眩しさに一瞬《いっしゅん》、目を閉じる。次に開いた目に飛びこんできたのは、あの窓からちらりと見た南の国の青い空、鮮烈《せんれつ》な陽光。

飛び交《か》うカモメ達に、空以上に青い海。その海を隔《へだ》てた向こう側にも、こちらと同じような街並みが見える。海が二つの街を分断しているように、セシルには見えた。白い建物が多い対岸の街の中で、ひときわ目立つのは、いくつものドームが重なった黄金の屋根の神殿《しんでん》。

さっき、あんなにも近くに波の音が聞こえた理由を理解する。セシルのいた小屋――奴隷市場は、桟橋《さんばし》の上に立てられていたのだ。魚を積んだ小舟や、異国から来たのだろう、大きな帆《はん》船《せん》の姿もある。

「奴隷が逃げたぞ！　追え！　追え！」

小屋の中から聞こえた声に背を押されるようにして、再びセシルは長い桟橋の上を駆け出していた。

その走った方向、二つの陸地に囲まれた海峡《かいきょう》の真ん中に見えた光景に、セシルは追われているのも忘れて思わず見入る。

海の上、輝《かがや》く陽光を受けて蜃気楼《しんきろう》のように浮《う》かぶ蒼《あお》いアラベスク模様の宮殿《きゅうでん》が見えた。

⚜

「……黄金作りの彫像《ちょうぞう》など、この世のあらゆる富を手中に収めた大君《スルタン》には凡庸《ぼんよう》だろうし、シェナ渡《わた》りの陶器にしても、いくら見事で貴重な品でも、すでにその財宝庫にあふれていると聞いている。

生きた白孔雀《しろくじゃく》に言葉をしゃべるオウムも面白《おもしろ》いが、今ひとつだな」

西大陸と東大陸を隔《へだ》てる海峡を臨《のぞ》み、アルマンはふむと腕組《うでぐ》みをする。その格好《かっこう》は、黒を基調とした宮廷服《きゅうていふく》ながら、頭にはターバンを巻いて異国に来たことを少し気取っている。色素の薄《うす》い髪と瞳《ひとみ》を持つ、一見優男風《やさおとこふう》な、しかし、その白い頬《ほお》に刻まれた赤い傷のまがまがしさが、柔《やわ》らかなその印象を裏切っている。

今のアルマンのもう一つの名はハロルド・ネヴィル。アキテーヌ一国を狙《ねら》い、親友であるオスカーを裏切って企《くわだ》てた策謀《さくぼう》は失敗。死んだと見せかけ逃走《とうそう》し、今はアキテーヌと海を隔てた隣国《りんごく》のアルビオン、その国の皇太子であるヴァンダリスの側近となった。

そのヴァンダリスを使いセシルをアルビオンまでさらわせ、国に乗り込んできたオスカーと一悶着《ひともんちゃく》あったり、ごく最近ではアキテーヌの幼い王であるルネの婚約者《こんやくしゃ》となった、エーベルハイトという小さな山国の公女の身柄《みがら》を巡《めぐ》って、策謀を巡らせたのだが。

そのことごとくが失敗に終わったから、ついにヴァンダリスに呆《あき》れられて、このナセルダランまで流されてきたわけではない。彼はアルビオンの特使として、このナセルダランに来ていた。もっとも、自分からあの王子に進言して、その案が受け入れられたのだが。

今すぐは実りとならなくとも、西大陸に一番近い、かの東方の国とよしみを通じ、アキテーヌを揺《ゆ》さぶるもまた一興と。

ナセルダランは東大陸に属する国土と文化を持ちながら、また西大陸の一部も領土として持っていた。昔は東大陸の国土を駆け回っていたという騎馬《きば》民族を王家は祖とし、兵は強壮《きょうそう》。百年前、西大陸がまだそれほど安定しなかったときは、東方の悪魔と恐《おそ》れられた。

ファーレンは帝都ヴィストを、太鼓《たいこ》を叩《たた》き笛《ふ》を吹き鳴らし兵を鼓舞《こぶ》するスルタンの軍団に囲まれたことをまだ忘れてはいない。なにしろ、百年前の名残《なごり》というには傷が大きすぎる。未《いま》だ西大陸の一部、ファーレンの属国だった国々をその領土とされているのだから。

そうして当時のスルタンは、西大陸から奪《うば》った領土と、東大陸の領土を隔てる海峡に、このキジル・エルマの都を築いた。唯一《ゆいいつ》絶対といわれる、彼らが信じる神に捧《ささ》げられた神殿のドームは、今も黄金色に輝く。

海峡に夕日が沈《しず》む頃《ころ》ともなれば、神殿の屋根どころか白を基調としたこの街の建物が全《すべ》て金色に染まるのだ。黄金の都といわれる由縁《ゆえん》である。

それだけではない。東と西をつなぐこの都にはあらゆる品物が集まるのだ。そして人も。ヴィスト、アンジェ、それらの都がいくら華《はな》やかだろうと、二つの大陸をまたぐこの都市こそが、世界一の都の名にふさわしい。

そのスルタンに捧げる品物は、とびきりでなければならない。なにより、それがアルビオンの、いや使者であるこのハロルド・ネヴィルの印象となるのだから。

「……それでは、どのような物が、ご入り用なので？」

ナセルダランと取引がある、ログリス人の商人が困り果てたような声をあげる。自ら船に乗ることもあるのだろう。強い陽光と海風にさらされ、浅黒く焼けて深い皺《しわ》が刻まれたその顔を、アルマンは見る。

「だから、とびきり珍《めずら》しく美しい物といっている」

珍しいだけでは足りない。輝くように美しいものこそが、人の心を捉《とら》えると思っているところが、この男らしい。

「しかし、宝石で出来た木も、名高いシュヴィッツの職人が造ったシンバルを鳴らす猿《さる》の自動人形《オートマタ》もダメと言われては……」

「そんなものは凡庸だな。いまどき、ルーシーの辺境に棲《す》む田舎大公でも、見飽《みあ》きているだろうさ」

「困りましたなぁ」と考えこんだあと、商人は急になにかをひらめいたように、顔を上げた。

「美女はどうでしょう？　とびきり美しい金の髪を持つ娘を、スルタンの奴隷としてハレムに納めるのです！

西大陸の、処女雪の肌《はだ》に黄金の髪の乙女《おとめ》は、このキジル・エルマでは人気商品でしてな」

金に酒に女。たしかに並の男の欲望を満たすにはこの三つだが……「俗悪《ぞくあく》だな」と軽蔑《けいべつ》の眼《まな》差《ざ》しを向け、それを却下《きゃっか》しようとしたアルマンの言葉を遮《さえぎ》ったのは。

「女奴隷《どれい》が逃げたぞ！　捕《つか》まえろ！」

「追え！」「上玉だ！　傷つけるな！」という声があとに続いて、何事かとそちらを見る。

長い木の桟橋の上から、その影《かげ》はドレスの裾をひるがえして、小舟《こぶね》に飛び移ろうとしていた。

いや、見事に飛び移った。揺れる船の上でも、見事に駆《か》け、また次の小舟へと。むしろあとを追う、男達のほうがおっかなびっくり、次から次へと飛び移ってくる仲間のせいで揺れる船の上で、ぎゃあぎゃあと騒《さわ》いでいる。

「これはまた見事な……」

思わず見とれてしまった。蜂蜜《はちみつ》色の髪《かみ》をひるがえし、輝く大きな灰色の瞳……今は海と空の色を映してだろうか？　青みがかった色も美しい。

「……にしても、ここでお目にかかるとは」

反対側の桟橋に飛び移ったドレス姿の女奴隷は、こちらに向かって駆けてくる。上着の内ポケットに手を入れながら、横の商人に言った。

「女か。悪くないな」

「そうでございましょう！」

「だが、普通《ふつう》に美しいだけでは、やはりつまらないな。

とびきり貴重で……」

愛用の短銃《たんじゅう》を、駆けてくる白い顔に向ける。銃を構える自分を映す、その澄《す》んだ瞳が大きく見開かれる。

——ここで、君の愛《いと》しい小鳥を撃《う》てば、一生癒《い》えぬ嘆《なげ》きを君に捧げることもできるが……オスカー……それでは面白くはない。

「……危険だからこそ、より美しいのが良い」

銃口はわずかに横を向き、中型船の帆《ほ》と帆の間に渡《わた》してあった、洗濯物《せんたくもの》が干された綱《つな》を撃ち抜《ぬ》いた。海風に煽《あお》られ、シャツや洗いざらしの布が駆けていたセシルの視界をふさぎ、足に絡《から》みつく。

セシルの後ろからやってきた男達が、そこで追いつき羽交《はが》い締《じ》めにするが、セシルはなおも「離《はな》せ！」と暴れている。相変わらずのじゃじゃ馬ぶりだ。

「この娘《むすめ》。どこで手に入れた？」

奴隷商だろう男達に声をかけると、振《ふ》り返った彼らは明らかに西大陸の住人であるアルマンの姿を見て、怪訝《けげん》な顔になった。アルマンの後ろからついてきた商人が、その中の一人に声をかける。

「ひさしぶりだな、ハッサン。達者にしていたか？」

「おお、ログリスの旦那《だんな》じゃありませんか」

「今は、アルビオンだよ」

「これは失礼を。お国が大きくなられたそうですな。よろしいことで」

「そう、ますます商売繁盛《はんじょう》だよ。この方は、そのアルビオンの騎士《きし》様だ。スルタン様への贈《おく》り物《もの》を探しておいでなのだよ」

「それで、この娘をお望みで？　それはお目が高い！　ですが、どこから連れてきたのかは、申し上げられないのが、我ら奴隷商の決まりでしてな」

客と知り、とたんに態度を変えてニコニコとするハッサンと呼ばれた男の顔を、アルマンはちらりと見。

「たしかに、人さらい同然に誘拐《ゆうかい》してきましたとは言えんな」

「そ、そんな。昔はともかく今はそんな山賊《さんぞく》のようなマネは！」

「まあ良い。美しい宝石がどこの鉱脈で発見されたにせよ、もしくは誰《だれ》かの宝石箱から盗《ぬす》まれたにせよ、買う人間がそれを知らなければ罪に問われることはない。そうだろう？　用があるのは、金色に輝《かがや》く宝石だけだ」

男達に腕《うで》を取られ、羽交い締めにされながらも勝ち気に自分を睨《にら》み付ける、灰色の瞳を覗《のぞ》き込む。

「しかし、君とここで会えるとはね、セシル。

オスカーにとうとう飽きられて、捨てられでもしたのかい？　しかし、ひどい男だ。一時期は妻とした君を、奴隷に売るなど」

からかいそう言えば、当然怒《おこ》り出すものと思っていた。しかし、返ってきた反応は違《ちが》っていた。

呆然《ぼうぜん》と自分の顔を見ている。

「セシル……？　それが俺の名前？」

「なにを言ってるんだい、君は……」

「オスカーって誰？　あなたは……誰⁉」

それから、呟《つぶや》く声は徐々《じょじょ》に叫《さけ》び声となる。

「……どうして！　なにも思い出せない！　なにも！」

頭を抱《かか》える。男達に両脇《りょうわき》を支えられていなければ、倒《たお》れてしまっただろう。目眩《めまい》を感じているのか、ぐらぐらと足下がふらつきおぼつかない。

「おい、葉っぱが効き過ぎたんじゃないのか？」

「俺は量を間違えなかったぜ！」

「しっ！　客の前だ！」

男達の会話でおおよその事情を察する。僻地《へきち》の村で山賊に襲《おそ》われたり、売られたりしてやってきた娘ならともかく、非合法なやり方でさらってきた商品の身元を隠《かく》すために、とある方法が奴隷商人達の間で伝わっているときいたことがある。それはハッシシと呼ばれる麻薬《まやく》と怪《あや》しげな催眠術《さいみんじゅつ》を利用して、本人の記憶《きおく》を失わせるというものだ。

もちろん、一生麻薬や催眠の暗示が効くとは思わないが、数年どころか数ヶ月もてば良いの

だ。娘は奴隷として売られ、全てを思い出したところで、遠い異国から自力で家に帰れる可能性は薄《うす》い。たいがいは諦《あきら》めるか、気の弱い娘ならば東と西の大陸を隔《へだ》てるあの海峡《かいきょう》に身を投げるか……。

「この娘とお知り合いで？」

ハッサンが怯《おび》えたような目で訊《き》く。たしかにアルビオンの使者と商品の娘が知り合いではまずいだろう。

奴隷貿易が許されているこの国でも、非合法なやり方で人をさらってきたとあらば、罪に問われる。まして、西大陸からの特使の知り合いとなれば、極刑《きょっけい》は確実だ。

「いや、知らんな……」

アルマンの答えに、ハッサンがほっと一息つく。

「嘘《うそ》だ！　あなたは知ってる！」

セシルが叫ぶ。アルマンは、その顔を見、冷たく言った。

「よく似ているが、人違いだったようだ。

それより、この娘、気に入った。買おう」

「ありがとうございます！」

「それと、頼《たの》みがあるのだが……」

アルマンは声を潜《ひそ》め、ハッサンにだけ聞こえるように耳打ちした。「もっと暗示を効かせ、けして自分の身元が思い出せぬように、記憶を封《ふう》じ込めてくれ」その言葉を聞いた奴隷商人は探《さぐ》るようにアルマンの顔を見る。

「嫌《いや》か？　ならば別の奴隷《どれい》商人から娘を買うが」

「い、いえ！　よろしゅうございますとも、さっそくとりかかります。

おい！　その娘をもう一度小屋に戻《もど》せ。また逃《に》げ出したりしねぇように大人しくさせる。お買いあげ下さった旦那様に、粗相《そそう》があったらことだ」

小屋まで引きずられていくあいだ、セシルは暴れたが、男四人に手足を押さえつけられていては、それもままならない。

薄暗《うすぐら》い小屋に再び戻される。「煙草《たばこ》を持ってこい！」とハッサンが叫び、男二人がかりで持ってきたのは、大きな水キセル。その吸い口の一つを、セシルの前に突《つ》き出す。

「さあ吸うんだ！」

「嫌だ！」

顔を背《そむ》け口をつぐんだが、強引に元に戻されあごの根本をつかまれ、痛いほどに力を加えられて、自然に口が開いてしまう。そこに吸い口を押し込まれる。今度はけして吸うまいと息を止めたが、鼻をふさがれ、吸い口をはき出さぬように口も押さえられては、息が続かない。

深く吸い込み、咳《せ》き込む。くらりと、酒よりももっとふわりとした酩酊《めいてい》感がセシルを襲った。息をつく間もなく、また煙《けむり》を吸い込まされる。今度は咳き込む前に、意識がうつろになり身体《からだ》から力が抜ける。目の前にいる奴隷商人の顔が、霧《きり》がかかったようにぼやけよく見えない。

「そう、深く吸い込むんだ。いい気分になれるぞ」

声が遠い。なにもかもに、現実感がなく、夢の世界の出来事のようだ。

「天国に行って、全て忘れるんだ。生まれ変わって、新しいご主人様に可愛《かわい》がってもらうんだな」

オスカー……。

闇《やみ》に飲み込まれていくセシルの意識は、その意味もわからずに名を呼んだ。

脳裏《のうり》では、記憶にはない、だがその姿はなぜか胸が痛むほどに切ない思いを呼び起こさせる、黒衣の男性が笑っていた。

3

ナセルダランの王宮は、奴隷《どれい》市場や港がある東大陸側ではなく、黄金《おうごん》のドームも眩《まぶ》しい神殿《しんでん》がある西大陸側に建てられている。当初は神殿の横にあった宮殿《きゆうでん》も、都が大きくなるにつれて手狭《てぜま》になり、海峡を望む小高い丘《おか》に新しい宮殿が建てられた。海から見ると、白い列柱が並ぶ回廊《かいろう》が美しい城だ。

新しく建てられた城ということで、これを新宮殿《イエニサライ》と呼び、神殿横にあるものを旧宮殿《エスキサライ》と呼ぶ。

そしてそのイェニサライの少し先、東と西の大陸を隔てる狭《せま》い海峡に浮《う》かぶ、離宮《りきゅう》ドルマ・バフチェ。海を埋《う》め立てた庭の名を持つこの宮殿は、四代前のスルタン・ケマル二世の世に活《かっ》躍《やく》した宮廷《きゅうてい》建築家デミレルの最高傑作《けっさく》と言われていた。蒼《あお》い装飾《そうしょく》タイルが施《ほどこ》されたその外観は、寓話《ぐうわ》の中の深海にあるという楽園、海王の住む城を思わせる。

全てを白日の下にさらすはずの昼の苛烈《かれつ》な光に照らされてなお、蜃気楼《しんきろう》の彼方《かなた》にあるがごとく玲瓏《れいろう》とその姿を海面に映し揺《ゆ》らぎ、そして今は三日月の淡《あわ》い光に照らされて、寓話のとおり深い海の底にあるがごとく蒼く輝く。

その海の城にて、海王にはあらず、東と西の境界をひとまとめに有する帝国《ていこく》の王は、一人の大臣《パシャ》の報告に、それまで閉じていた目をふわりと開いた。

「アルビオンの特使からの進物《ヘディエ》?」

豊穣《ほうじょう》を表す葡萄《ぶどう》の文様が金糸で見事に織り込まれた緋色《ひいろ》の絨毯《じゅうたん》の上。クッションをいくつも積み重ねた上に寝《ね》そべり、肘《ひじ》をついただらしない姿勢。ターバンを巻きもせず、その褐色《かっしょく》の裸《はだか》の背に垂らした銀の長髪《ちょうはつ》が奔放《ほんぽう》に床《ゆか》に広がる。月の光を集めたような見事な色合いの髪《かみ》だ。西大陸の人間でも、これほど見事な色合いの髪を有する人間は少ないだろう。

少なくとも、彼に問いかけられたカルカヴァン・パシャは知らなかった。カルカヴァンの故郷は遠く北、西大陸のルーシーの辺境にあったが、幼少の時、村が馬賊《ばぞく》に襲われて、奴隷としてこの都に売られた。売られた先が貴族の家であり、そこの寡婦《かふ》であった貴婦人に賢《かしこ》さを見込まれ養子になったところから、彼の運は開けたのであったが。

その彼のうろ憶えの記憶をたどっても、明るい金の髪をした娘《むすめ》達は憶えていても、このような凍《こお》り付く白銀の輝《かがや》きを持つ者を見たことはない。

「はい、そうでございます陛下。たいそう美しい金の髪の娘だとか」

カルカヴァンは多少緊張《きんちょう》して答えた。この若いスルタンに仕えて何年にもなるが、その鋭《するど》い光を放つ半月刀のような銀の瞳《ひとみ》に見据《みす》えられると、大臣にも上りつめた身ながら、心の奥底に澱《おり》のようにたまった恐怖《きょうふ》が頭をもたげる。

たとえ、だらしなく寝そべっていようとも、それは獅子《しし》が木陰《こかげ》でうたた寝をしているそばを通りすぎるような……。いつ飛びかかってこられるかもしれぬ、張りつめた危険と威圧《いあつ》感をこの青年王は常に強《し》いる。

「金の髪か……ふん、ありふれているな」

さも、あらん。イェニサライにある後宮《ハレム》には、国の内外から集められた千人はくだらない処女《おとめ》の女奴隷達が、彼の一夜の愛を得んとひしめき合っているのだ。当然、その中にも多数の金の髪の娘がいる。

代々のスルタンは、東大陸の黒髪の乙女《おとめ》達よりも、西大陸の処女雪の肌《はだ》、明るい髪の色の乙女達を好んだ。その結果、歴代の皇帝《こうてい》達の血は、東よりも西の血が色濃《いろこ》く出るようになった。

だとすれば、彼のこの髪の色も納得《なっとく》できないでもない。ただ、西大陸人の血を裏切っているのは、その褐色の肌の色だ。腰《こし》に布を巻き付けただけの格好《かっこう》からは、見事な上半身が見て取れる。この国の全ての民《たみ》が熱狂《ねっきょう》するレスリングの大男達のように、見せるために異様に発達させたものではない。剣《けん》を振《ふ》り、槍《やり》を投げ、馬を駆《か》るための、実用的な筋肉だ。背中などまるで馬の背のようにたくましく、なめし革のように光る。

だが、それは本来戦士が持つものだ。大勢の兵に守られるスルタンが、ここまで鍛《きた》えることはない。

彼の場合は必要があったのかもしれないが……。

「ですが、アルビオンからの献上品《けんじょうひん》。ハレムに一旦《いったん》納めないわけにはまいりませんでしょう。お召《め》しになるならないは、その娘を見てからお決めになればよろしゅうございます」

「いや、ここに直接連れてこい。今夜の夜とぎを命じる」

「それは！　ハレムに納められる娘は、まず黒人宦官長《かんがんちょう》の目通りを受けてから、陛下に献上されるのが慣わしにございます」

宦官とは男性本来の機能を人工的に失わせた、いわば去勢した家畜《かちく》同様の人間である。男子禁制のハレムには都合の良い下男と言えた。これはナセルダランのみならず、同じ大陸の東の果てにある大国シェナの後宮でも、おなじような官職があったという。

黒人宦官長は娘達の父とも呼ばれており、ハレムの雑務全般《ぜんぱん》を取り仕切っている。宮廷内では、表の雑事を取りしきる白人宦官長とともに、パシャに次ぐ権勢と位を誇《ほこ》る。スルタンに捧《ささ》げられる娘達はまず、生まれたままの姿にされて彼の配下の黒人宦官に全身の点検を受けるのが、決まり事となっていた。

だが当代のスルタンは、そんな因習や宮廷内の格式張った礼儀《れいぎ》を鼻で笑うような、型破りであった。慌《あわ》てるカルカヴァンの言葉をむしろ楽しんでいるように目を細め、寝そべっていた身体をゆらりと起こした。

「なんだ？　また皇太后《ヴァリデ・スルタン》が目くじらを立てると、心配しているのか？」

ハレムで一番地位の高い女性は、現スルタンの母である皇太后だ。妻は取り替《か》えられるが母は替えられぬと、歴代のスルタン達はいずれもこの母親達を大切にしてきた。

だが、彼は母を母と呼ばず他人行儀《ぎょうぎ》にヴァリデ・スルタンとその地位の名で呼ぶ。銀の瞳にある種の侮蔑《ぶべつ》を浮かべて。

「私が内廷《エルデルン》を実質この離宮に移したことを危惧《きぐ》しているのだろう。自分達のいるイェニサライのハレムもまた、あの色あせたかつての花達が幽閉《ゆうへい》同然に暮らしているエキスサライのようになるかもしれないとな」

内廷とはスルタンが普段《ふだん》暮らす住居ならびに、パシャ達が御前《ごぜん》会議を開く政務の場所もここに含《ふく》まれる。スルタンの生活の場所が移ったのだから、皇太后の危惧もわかる。エキスサライには前スルタンの妃《きさき》だった女達が、宮廷の秘事を漏《も》らさぬよう世捨て人同然に押し込められているのだ。このままではイェニサライも、エキスサライの二の舞《まい》になる…と。

「ここに新たにハレムを造るつもりはない。女はそばに置くとうるさいからな」

その言葉には実感がこもっているような気がして、カルカヴァンは密《ひそ》かに目の前の主君の表情をうかがったが、その砂漠《さばく》に輝く太陽のような端正《たんせい》な横顔には、なんの感慨《かんがい》もなかった。

その髪をターバンに巻きもせず、まして唯一《ゆいいつ》絶対の神を信じる信者として、長髪など許される髪型ではない。およそ、スルタンとして似つかわしくない半裸《はんら》の服装。そのたくましい胸にはまるで辺境の部族の術師のごとく、じゃらじゃらと宝石や金属でできた首飾《くびかざ》りをさげて。

この横紙破りのスルタンと皇太后は、彼が物心付いたときより反《そ》りが合わなかった。幼い頃《ころ》に手元から引き離《はな》され、養育係《ララ》に育てられたということもあったのだろう。頭は切れるほどに鋭く文武両道だが、礼儀作法を無視し、ときに粗暴《そぼう》、粗野な振る舞《ま》いをする息子《むすこ》を、母親は恐《おそ》れるあまり、嫌《きら》い抜《ぬ》いた。

宮廷内の家臣達も同様。まだ皇太子だった彼の行動に眉《まゆ》をひそめ、次代のスルタンにはふさわしくないと囁《ささや》きあった。こんな状況《じょうきょう》で父であるスルタンが崩御《ほうぎょ》すれば、後継者《こうけいしゃ》問題が起きるのは自然の成り行きである。

だが、皇太子の動きは素早《すばや》かった。彼は、帝王学《ていおうがく》を学ぶために知事《サンジャク・ベイ》として赴《おもむ》いていた任地より、馬を飛ばし数日で、後継者問題が紛糾《ふんきゅう》していた宮殿に乗り込んできた。

自ら選び鍛え抜いた強壮《きょうそう》な奴隷の青年兵達を近衛《このえ》とし、やってきた皇太子の歩みを止められる者は誰《だれ》もおらず、次のスルタン候補にとその当時の大臣達に推されていた自分の叔父《おじ》を、彼は自ら処刑《しょけい》した。

皇族の処刑は血を流さぬのがしきたりであり、絹か弓の弦《つる》で首を絞《し》め殺すのが慣わしとなっている。だが、彼は、その常識を破る苛烈《かれつ》さにふさわしく、自ら持っていた剣で、逃《に》げようとする叔父を一刀のもとに斬《き》り捨てたのである。

『のちの禍根《かこん》を断《た》つためである。この者の罪はスルタンの血を引いて生まれたことに他《ほか》ならない』

相変わらず半裸同然の褐色の肌に、べっとりと返り血を浴びた、壮絶《そうぜつ》な殺気を漂《ただよ》わすその姿に逆らえる者は誰もいなかった。

ただ一人、彼を非難した者は、やはり母である皇太后であった。殺害は、彼女の庇護《ひご》を求めて叔父がハレムに逃げてきた、その目の前で行われたのである。

実はこのスルタン擁立《ようりつ》には彼女の意志も働いていた。皇太子のすぐ下の弟である彼女の子供は、その当時十歳。皇太子ではないということで、母のもとから取り上げられることもなく、皇太后が溺愛《できあい》して手ずから育てた子供であった。だが、まだ兄に成り代わりスルタンになる年《ねん》齢《れい》ではない。

彼が成長するまで、それまでのつなぎとして、叔父に目をつけた皇太后であった。いわば、我が子の廃嫡《はいちゃく》を彼女は企《たくら》んだのである。

片頬《かたほお》に返り血を浴び微笑《ほほえ》む、自分によく似た顔を彼女は見つめ震《ふる》えた。その鋭利《えいり》な刃物《はもの》のような美貌《びぼう》は、嫌い抜いている我が子とはいえ、たしかに血を分けた息子であるという証拠《しょうこ》だった。いや、だからこそ……。

『悪魔《あくま》！』『冷酷者《ヤウズ》！』皇太后は実の子を指さしそう罵《ののし》った。息子はその血を浴びた片頬を歪《ゆが》め笑い、口を開いた。

『冷酷者とは誉《ほ》め言葉と受け取ってよろしいのですかな？　非情にならなければ、スルタンの地位など守り抜くことはできません。

しかし、いかに冷血漢とはいえ、母を殺すことはできない。この男は、あなたの代わりになったのですよ』

息子は、母の裏切りを知っていたのである。しかし、さすがに弟を殺すことはできなかったのだろう。彼はハレムの一画、壁《かべ》に囲まれた鳥かごのような場所に今も幽閉されている。

「アルビオンからの献上品の娘は、一晩相手をさせたらハレムに渡《わた》す。それで良いだろう？　たまには、母《ヴァリデ・スルタン》上の息がかかっていない娘を抱《だ》いてみたいものだ。ハレムの娘は懐《ふところ》に刃《やいば》でも隠《かく》し持っていないか、気が抜けないからな」

立ち上がった彼は、傍《かたわ》らの花瓶《かびん》に生けてあった赤いチューリップ《ラーレ》を一本引き抜くと、その匂《にお》いを嗅《か》ぐように鼻先に持っていった。そんな優美な仕草も、端正な姿形にはよく似合う。

彼がスルタンになったあとも、暗殺騒《さわ》ぎが何度もあった。そのいくつかは……いやもしかしたら全《すべ》てが、皇太后の差し金かもしれない。

この離宮《りきゅう》に生活の場を移したのも、その刺客《しかく》を警戒《けいかい》してのことだろう。海の上にあり、船で近づくしかないこの城ならば、人の出入りを把握《はあく》することができる。本来スルタンのくつろぎの場所であるハレムが、陰謀《いんぼう》の巣窟《そうくつ》とはなんとも皮肉なことだ。

「それにな、ハレム仕込みの閨房術《けいぼうじゅつ》にも飽《あ》き飽きしているところだ。たまにはのびのびと振舞い、恥《は》じらう娘《むすめ》も良い。花は自然に咲《さ》いてこそ散らしがいがあるというものだ」

そう言って、鼻先に掲《かか》げたラーレの花弁を歯で引きちぎる。くわえたその赤い花びらが、あのとき血まみれの姿で皇帝《こうてい》の間に姿を現した彼の姿を思い起こさせ、カルカヴァンはその背にゾクリと震えが走るのを感じた。

返り血を浴びたスルタンの姿に憶えたのは恐れだけではない。圧倒《あっとう》的な威圧《いあつ》感。銀の髪《かみ》をたてがみのようになびかせた若き獅子《しし》の前に、膝《ひざ》を折るのは当たり前のように思えた。あれこそが、この西と東の大陸の境を統《す》べるにふさわしい帝王の姿だと。

あの恐怖《きょうふ》を忘れてはならない。けして、この苛烈なスルタンに逆らってはならないと誓《ちか》った。

しかし、恐怖だけでは人は支配できない。力が伴《ともな》ってこそ、人に畏怖《いふ》される帝王となれる。

そして、彼は十分にその力を持っていた。自ら剣を振るう腕《うで》と、叔父を斬ることによって瞬《また》く間に宮殿《きゅうでん》を支配した、その決断と知略を。

冷酷者《ヤウズ》と陰《かげ》では誹《そし》られ、また彼を敬う者達には、その燃える太陽のような激しい性格を畏怖される。スルタン・ファルザードとは、そのような人となりであった。

⚜

天蓋《てんがい》のカーテンを開けて中を覗《のぞ》き込み、ファルザードは思わず、感嘆に目を見開いた。金の緞子《どんす》の掛布《かけぬの》の上に座る娘は、被《かぶ》ったベール越《ご》しにも美しかったのである。口に含《ふく》むと甘そうな蜜の色の髪に、大きな瞳《ひとみ》。愛らしい顔立ち。細いが、すらりと伸《の》びた手足が魅力的《みりょく》だ。

「名は？」

ベールを取り去りながら名を尋《たず》ね、瞳を覗き込む。灰色とも薄紫《うすむらさき》、水色ともとれる不思議な色合いの瞳だ。霧《きり》に霞《かす》む湖面のように澄《す》んでいる。

「？」

だが、返答がないこと、娘の瞳が宙を見つめたままうつろなことに気づき、眉間《みけん》に皺《しわ》を寄せる。軽く頬を指で叩《たた》き、反応がないことにやはり、とため息をついた。

「まったく、意志を奪《うば》うほどにハッシシを吸わせるとは奴隷商も、それを買ったアルビオンも、どういうつもりだ？」

ファルザードも奴隷商が奴隷を扱《あつか》うのにこの麻薬《まやく》を使うことを知っていた。

またハッシシやもっと危険な阿片《あへん》などの麻薬は、ハレムの娘達の間に悪癖《あくへき》としてはびこっていた。いつ訪《おとず》れるかわからないスルタンの愛を待ち続け、またその高貴な目に留まることもなく色あせ容色が衰《おとろ》えていく。そのむなしさ、悲しさを慰《なぐさ》めるために、彼女たちは薬の毒へとはまり、心を病《や》んでいく。

意志のない人形を抱いても面白《おもしろ》くもない。さて、どうしたものかとファルザードは娘の顔を見つめた。その表情がかすかに動く。

どこがどう似ていたというわけではない。顔立ちは似ても似つかない。むしろ、この娘のほうが高貴で整っているだろう。しいて言うならば、金の髪と灰色の瞳……だが、それさえも微《び》妙《みよう》に色が違《ちが》う。

しかし、ファルザードは娘の身体《からだ》を寝台《しんだい》に横たえていた。透《す》き通るような白い首筋に唇《くちびる》を寄せ、薄絹が花びらのように重なるブラウスの胸元をまさぐる。

と、突然《とつぜん》ファルザードは覆《おお》い被さっていた娘から身を離した。ブラウスの襟《えり》に手が伸び、それを左右に大きく開く。

「！」

娘の胸は雪のように白く、しかし平らだった。これほど平らな胸を持つ女など、ファルザードは知らない。これは娘ではなく。

男だ。

「まったく、なにを考えている？　私にはそのような趣味《しゆみ》はないぞ」

いくら女以上に美しくてもだ。あまりの事態に怒《いか》りもわいて来ず、さてどうしたものかと相変わらず宙を見たままの彼の顔を見る。

そのとき、カーテンの向こうで何者かの気配がした。白い紗《しゃ》の布を引き裂《さ》く刃《やいば》を逃《のが》れられたのは、常に命を狙《ねら》われている身であるという自覚が促《うなが》した、本能のようなものだ。

そのまま寝台を挟《はさ》んで、刺《し》客《かく》達がいる反対方向に降り立つ。剣《けん》を……と探して舌打ちする。寝台に横たわる娘？の頭の脇《わき》にあったのだ。ファルザードが降り立ったのは、それから遠く離《はな》れた足下。手を伸ばしてとれる距離《きょり》ではない。とんだマヌケさ加減だ。

刺客達は男三人。顔を堂々とさらしているところを見ると、金で雇《やと》われた宮廷《きゅうてい》とは縁《えん》もゆかりもない者か。しかし、宮殿の奥にあるスルタンの寝室までよくたどり着けたものだ。

偶然《ぐうぜん》なのか。それとも手引きした者がいたのか。皇太后のことを考えれば、後者の可能性が高い。いくら外からの侵入者《しんにゅうしゃ》を警戒しても、宮殿の中に敵がいたのでは、家の鍵《かぎ》もかけずに扉《とびら》を開けっ放しで盗賊《とうぞく》の前に身をさらしているのと一緒《いっしょ》だ。

しかし、その追及《ついきゅう》も生き残ってこそだ。ベッドを回り込み、左右から寄ってくる刺客達を見つめながら、ファルザードは身構えた。

そのとき、もう一人の刺客が、この騒ぎにも依然《いぜん》視線をうつろにさまよわせたままの美しき捧《ささ》げ物に、剣を振《ふ》り上げるのが見えた。彼らの目的はこの自分の命だけだろうが、たしかに、夜とぎの娘を捨て置いて、賊《ぞく》が侵入したと知らせに走られてはまずいだろう。刺客としては冷静な正しい判断と言えた。

ファルザードとしても、娘?を助ける余裕《よゆう》はなかった。己《おのれ》が助かったそのあとは、巻き添《ぞ》えにしたことに多少の良心は痛むから、丁寧《ていねい》に葬《ほうむ》ってやろう。その程度を思っただけである。ただし、自分が刺客達に暗殺されたそのときには、一緒に殺された死体の性別を見て、己に少年愛の……しかも女装をさせて楽しむ嗜好《しこう》があったとあらぬ噂《うわさ》をたてられてはたまらぬと、不謹《ふきん》慎《しん》なことを思ったが。


寝台の脇に置いてあったランプに照らされた、刃の輝《かがや》きがセシルの瞳を射る。

そのときうつろだった瞳に、意志の光が急速に宿った。

胸に突《つ》き立てられようとしていた剣を避《よ》けられたのは、ファルザードと同様、長年危険の中に身を投じてきた本能だ。

身体を回転させ身を起こしたセシルは、目の前にあったファルザードの剣を手に取った。抜《ぬ》き打ちざま、再び自分に剣を向けようとしていた男を斬る。剣の切っ先が、男の頸動脈《けいどうみゃく》を傷つけ、噴水《ふんすい》のように勢い良く血を噴《ふ》き出しながら仰向《あおむ》けに倒《たお》れた。セシルの身にもその返り血が降りかかる。

「剣を!」

耳を打った声に振り返る。自分に向かい手を伸ばす人物の長い髪が、銀ではなく、黒に見えたのは、薄暗い閨房の明かりのせいだったか、それともまだ効いていた麻薬が見せた幻影《げんえい》か。

「オスカー！」

セシルは反射的に名を呼び、剣を投げていた。

ファルザードは近づく刺客を見据え、刺客達もまた手練《てだ》れらしく、素手《すで》の彼に気を抜くことなく、じりじりと距離を詰《つ》める。

そのとき上がった断末魔《だんまつま》の叫《さけ》び声に、刺客もファルザードも一瞬《いっしゅん》気を取られた。

見れば、アルビオンからの進物に襲《おそ》いかかっていた男が首から血を噴き出し倒れ、進物の手にはファルザードの剣がある。誰《だれ》がやったのかは明らかだ。

「剣を！」

そちらに向かい叫んでいた。相手も振り返り、叫びながら剣を投げる。

誰の名かは知らないが、自分とその誰かを間違えたのだろうか。

「オスカー！」

――ずいぶん愛《いと》しそうに呼ぶ。

宙で剣をつかみ、向かってきた一人の剣を避ける。身を沈め、髪をかすめる剣の風圧を感じながら、がら空きの胴《どう》に剣を叩《たた》き込んだ。
刺客《しかく》の身が二つにならないのが不思議なほどの激しい一撃《いちげき》をうけて、声もなくその身が床《ゆか》に倒れる。

「陛下！　何事かございましたか⁉」
かかった声に残った刺客の一人が舌打ちし、逃走《とうそう》を図ろうとドアのある方向に向かう。
が、その前に勢い良くドアが開き、入ってきた人物とぶつかりそうになる。刺客は後ろへ引
き、その人物は前へ。右手にクルチュという三日月のように鋭利《えいり》に湾曲《わんきょく》した長刀を持ち、左手
にはヤターンと呼ばれる偃月《えんげつ》型の短剣《たんけん》を持っている。
彼の肌《はだ》は黒く、東でも西の大陸でもない、南方の暗黒大陸と呼ばれる新大陸から連れてこら
れた人間だとわかる。ファルザードに負けぬ長身を持ち、すらりと細くはあったが、しなやか
で強靭《きょうじん》なバネが見てとれた。しかしその戦闘《せんとう》的な姿と裏腹に、顔つきは優《やさ》しく女性的に見える。
その顔を侮《あなど》ったのだろう、刺客は脅《おど》すようなうなり声をあげて黒人青年に斬《き》りかかった。し
かし、青年は床にはねる鞭《むち》のような素早《すば》やさで刺客の剣を避け、その懐《ふところ》に飛び込み胸と腹に二つ
の剣を突き立てた。
三人目の刺客も、二つの傷口から血を噴き出し床に倒れた。
「お怪我《けが》はありませんか？」
その声は変声期前の少年のような、高いものだ。彼、ダネルはファルザードに子供の頃《ころ》から

仕える宦官《かんがん》だった。黒人宦官に武技を教える習わしはないが、彼は特にその才能を見込まれ、剣の達人より二刀流の手ほどきをうけた。身分はないが常に彼のそば近くにいる、ファルザードの側近中の側近である。

「大事はない。それよりも……」

ファルザードはダネルに血に濡《ぬ》れた剣を預け、寝台の上で突っ立ったまま呆然《ぼうぜん》と自分を見ているセシルに近寄った。

投げられた剣を受け取り、刺客を斬った自分を見てその口元が『違う』と動いたことに、ファルザードは気づいていた。

――さて、誰と違うというのか……？

それはとても会いたい人間には違いない。その表情に未《いま》だ残る落胆《らくたん》からもそれがわかる。にしても、間違われたその人間に感謝しなければならないかもしれない。そのおかげで、剣を受け取った自分は、こうして生きている。

「お前のおかげで助かった。名はなんと言う？」

「名前……？」

刺客に襲われたときはあれほどはっきりと目覚めたというのに、またハッシシの煙《けむり》の幻惑《げんわく》に巻かれたように、その瞳《ひとみ》にもやがかかる。しかし、薬にしっかり囚《とら》われていたときのように、無感情というわけではない。その灰色の瞳には、困惑《こんわく》、悲しみ、恐怖《きょうふ》、様々な色が浮《う》かび消える。

「思い出せない……どうして？　自分の名前なのに……！」

「オスカーという名は？」

「オスカー、オスカー……誰？」

その名を呪文《じゅもん》のように繰《く》り返し呟《つぶや》く。まるですがりつくようだった。憶《おぼ》えがあるのに、懐《なつ》かしいのに思い出せない。そんなもどかしげな顔をする。

「なにも思い出せない！　なにも……俺は一体、誰⁉」

「もう良い。なにも考えるな」

頭を抱《かか》え、辛《つら》そうに叫ぶ。その姿が痛ましく、安心させるように抱《だ》きしめてやる。常ならば、女であろうと男であろうと、他者にそのような気遣《きづか》いなどしないのに。

ダネルもそんなファルザードを意外そうに見ている。普段《ふだん》の自分はそんなに薄情者《はくじょうもの》かと、内心苦笑しながら、自分を見上げる腕《うで》の中の白い顔を見つめる。

記憶を封《ふう》じられて、自分が何者なのか、取り巻く世界の全《すべ》てがわからず、不安げなまるで幼子のように無垢《むく》な表情。だが、そんな中でも泣き出しもせずに、見知らぬ世界をしっかりと見つめようとする強い意志を宿した、光り輝く大きな瞳。

――やはり似ているな。

「安心しろ。私はお前を知っている」

「ああ、お前の名はギュルバハルだ」

「俺を知っているの？」

「陛下！　その名は！」とダネルが思わず口に出すのを、目で制して続ける。

「私とこの宮殿《きゆうでん》で暮らしていた。だから安心すると良い。そのうち全てを思い出すだろう」

微笑《ほほえ》むと、ギュルバハルと名付けられた相手もはにかむように笑った。

「これは、これは、なんの騒《さわ》ぎですかな？」

頭から出すような甲高《かんだか》い声が聞こえた。やってきたのは幼児のような小柄《こがら》な姿。

その姿は珍妙《ちんみよう》としか言い様がない。白い布をぐるぐると巻き付けた、巨大《きよだい》なターバンを被《かぶ》った姿は、小さな背と相まって頭だけで三分の一ほどの大きさに見える。その上、花柄の派手な色をした、カフタンと呼ばれる上着を身に纏《まと》った姿は、道化としか見えない。その妙に青白く見える小さな顔も、小猿《こざる》のようにしわくちゃだ。

一見不気味に見える容貌《ようぼう》も、しかし、なにをやってもおどけているとしか思えない仕草と、常に笑顔《えがお》を浮かべているような表情には、妙に愛嬌《あいきよう》がある。

彼の名はアシュガル。ダネルと同じく、ファルザードに仕える白人宦官だ。ファルザードが生まれた頃より彼に仕えてきた。主人の好みも性格も熟知している、妙な言い方をすれば、いわば乳母《うば》代わりのような男だ。

床に転がる賊《ぞく》達の死体を見て、アシュガルは皺《しわ》に埋《う》もれた青い小さな瞳を、それでも目一杯《めいつぱい》大きく見開いた。ちょこちょこと、歩幅《ほはば》の無さを補う踊《おど》るような足取りで、近寄って。

「これはこれは、また今回はずいぶんと大きなネズミ共ですな。しかも三匹《びき》も。

さあさあ、ここはスルタン様の御座所《ござしょ》。このような汚《けが》らわしきものは、とっとと運び出してしまいましょう。お片づけ、お片づけ」

ちんまり小さい手を叩《たた》き、引き連れてきた衛兵達に命じる。察しの良いこの小男は、ここで何が起こったのか察して、彼らを連れてきたのだろう。

暗殺未遂《みすい》の陰惨《いんさん》な出来事の後始末も、アシュガルにかかるとまるでなんでもない出来事のように思えてくる。彼が居なければ、ファルザードの宮廷《きゅうてい》はずいぶん暗く、陰鬱《いんうつ》なものになっただろう。ある意味、彼のそばには欠かせぬ人間であった。

「さあ、陛下もハマムにお行きになってさっぱりなさりませ」

返り血を浴びたファルザードに明るい声で言う。あえて彼の無事を尋《たず》ねないそれもまた、この道化の気遣《きづか》いだった。無事であったならば、今起こった嫌《いや》な出来事もさらりと忘れてしまおうと。

それはまた、若いスルタンの周りではこのような出来事は日常茶飯事《さはんじ》だという、裏返しでもあるのだが。

「私のことは良い。それより、この者を先にハマムに連れて行ってやってくれ」

「ほう、これはこれは、お美しい姫《ひめ》様でございますな」

ファルザードの腕の中にいるセシルを見上げ、アシュガルはおもむろに頭のターバンを取り、西大陸の騎士《きし》よろしくそれを胸に当てて一礼した。なんとターバンの下の頭は、つるつるに禿《は》げていた。セシルは目を丸くして、ただ突如《とつじょ》あらわれたこの小人の道化を凝視《ぎょうし》する。

「名は、ギュルバハルという」

「ギュルバハル様……？」

その名を聞き返したアシュガルの声音《こわね》には、かすかなとまどいがあった。

「それとな……」

ファルザードは悪戯《いたずら》を企《たくら》むような悪童の顔つきで、その長身をかがめアシュガルに耳打ちした。それを聞いたアシュガルの瞳が、暗殺者の死体を見たときと同様、いや、より大きく見開かれる。大げさにいうなら、皺に埋もれたその目が飛び出さんがごとく。

「それは、それは……」と繰り返し混乱した思考をまとめているらしいアシュガルに、ファルザードは追い打ちをかけるように告げた。

「それとこの者は今日から俺の側室《オダリスク》だ。イェニサライのハレムではなく、この宮殿に住まわせる」

「なんと！　この方を陛下はお気に入り《イクバル》になさるおつもりで！」

「なさるつもりではなくて、そうだっただろう？　アシュガル。これはギュルバハルだ。お前が良く知っている」

ファルザードは、自分の顔の位置より遥か下にある、白人宦官の小さな顔を見つめた。アシュガルも、主人の顔を見つめ二、三度瞬《まばた》きを繰り返し、なにかを悟《さと》ったようにこくりとうなずいた。

「そうでした。わたくしともあろうものが、うっかりしておりました。

この方は確かにギュルバハル様でございました。陛下お気に入りのハセキ・ギュルバハル様で」

ハセキとはスルタンに一番に愛されている女性の称号《しょうごう》である。ファルザードも大様にうなずき。

「そうだ。今までどおり世話をしてやってくれ」

「かしこまりました。

ささ、ギュルバハル様。お衣装《いしょう》が赤いもので汚《よご》れて気持ち悪うございましょう。こちらへ」

アシュガルに手を引かれたセシルが、不安そうにファルザードを見る。大丈夫《だいじょうぶ》だというようにうなずいてやると、大人しくアシュガルについていった。

「陛下、恐《おそ》れながら申し上げます。

あの方を側室《オダリスク》になされ、しかもその上、この宮殿に留《とど》めようものなら……」

「皇太后がなにを企《たくら》むかわからないか?」

ダネルに全てを述べさせず、ファルザードが続きを言い当てる。

「あの女がなにを考えるかぐらい、わからない私ではない。十分承知だ。なんなら、懐妊《かいにん》の噂《うわさ》ぐらい流してもいいのだぞ」

「ファルザード様！」

黒人宦官《かんがん》の顔色が変わる。ハレムの主であり、スルタンの母である皇太后は、彼に近づける女性達をとくに吟味《ぎんみ》し監視《かんし》していた。息子《むすこ》のほうはといえば、その母がよこした女達を一度抱くと、気に入らぬと言わんばかりに二度と寝台《しんだい》に招くことはなかった。中にはそのスルタンの一夜の愛を待ちわびて、心病《や》んで死んでしまった娘《むすめ》もいるというが……。

しかし、娘達は知らない。その焦《こ》がれるスルタンの寝台に二度と招かれぬ、それが明日の自分の命を長らえさせたことなど。

もし、一度の契《ちぎ》りで妊娠《にんしん》の兆候など表れれば、彼女たちの命運は、東と西の大陸を分かつ海《かい》峡《きょう》、あの奥底に沈《しず》められることになるだろう。古来より、ハレムの女達を密《ひそ》かに始末する方法がある。殺され、または残酷《ざんこく》にも生きたまま、彼女たちは麻《あさ》の袋《ふくろ》に詰《つ》められ、黒人宦官の手によりあの海峡に投げ入れられてきた。おそらく海底には、多くの女達の嘆《なげ》きの詰まった袋が、重りから解き放されぬまま海流に揺《ゆ》らいでいるに違《ちが》いないのだ。

ファルザードを息子と認めぬ美しい化け物《ばもの》は、ましてその子供を、スルタンの血を継《つ》ぐ御子《みこ》としてなど、誕生させるつもりはないのだ。直接手を下さずとも、彼女の白い手は幾人《いくにん》もの娘達と、まだ生まれぬ幼い命を奪《うば》ってきた。

そして……その最初の犠牲者《ぎせいしゃ》は……。

「ますます、ハレムを刺激《しげき》しかねないか？　しかしそれ以前に、私の存在自体があの女には許せないのだ。この宮殿に送られてきた刺客《しかく》はこれで何人目だ？　まったく、私がスルタンになる前から数えたら、両手両足の指を使っても足りないぞ。幽閉《ゆうへい》されているセキムも今年で十六だ。そろそろ、私をスルタンにしておくのも、我慢《がまん》の限界というところだろう」

セキムとはファルザードの弟であり、皇太后が溺愛《できあい》している、彼女にとっては出来の良い息子だ。幽閉とはいえ、彼が閉じこめられているのはハレムの一画であり、皇太后が毎日のようにそこを訪《おとず》れるのを、ファルザードは黙殺《もくさつ》していた。

黙認《もくにん》ではない。黙殺である。この英明なスルタンがあえて紛糾《ふんきゅう》の種である弟を生かし、皇太后のそばに置いたこと。そのことの意味を疑いもせず、あの懲《こ》りない母親は溺愛するセキムをスルタン位につけようと浅はかな企みを巡《めぐ》らせている。それが、本当に愛するセキムの命を縮めているとも知らずに。

目の前の主君の残酷な微笑みに、ダネルはハレムにいる皇太后を哀《あわ》れだと思った。彼とて、幼い頃《ころ》から仕える主君の命を狙《ねら》う女、まして我《わ》が子の命を奪おうとするような女を良く思うはずはないが……しかしそれでも、愛する子供を奪われる母親の嘆きを思うと……。

皮肉なものだ。彼女が憎《にく》む我が子が、愛する我が子の命を奪うのだから。しかも、彼女がその子のために良かれと思った、行動がもとで……。

ダネルは皇太后のためではなく、ファルザードのためにその光景を見たくはないと思っていた。この帝国《ていこく》の安寧《あんねい》のためなら、弟といえど斬《き》ることをためらわない主君だ。しかも、恐らくは宦官に弓の弦《つる》や絹の帯で絞《し》め殺させるようなことはせず、あのとき叔父《おじ》を斬り殺したように手ずから……。

それを酷薄《こくはく》だと言い切るのは簡単だ。だが、本当に残虐《ざんぎゃく》な主君ならば、あえて自らの手を汚さず、部下の手にまかせ、帝国のためだと嘆きの涙《なみだ》さえ流してみせるだろう。だが、自ら血にまみれ、冷酷者《ヤウズ》のそしりを受けて嫣然《えんぜん》と笑う、この方は……。

「……しかし、なにもハセキの称号を認める必要はなかったのではありませんか？　ただのお気に入り《イクバル》でも十分に……」

ハセキはただ寵姫《ちょうき》の称号というだけではないのだ。それはスルタンの事実上の正室であることも表す、皇太后に次ぐ女性の最高位だ。巨大《きょだい》な帝国となったこの国には、周辺国にもはや釣《つ》り合うような格式の王家も、政略結婚《けっこん》の相手もなく、歴代のスルタンは長いこと皇后を持っていない。それ故、買われた女奴隷《どれい》達がハレムでスルタンの寵愛《ちょうあい》を競い、一番最初の男子を産んだその女がハセキとなり、ヴアリデ・スルタンとなる。それが女性としての出世の最終地点となっていた。

そして……かつてのファルザードにもハセキと呼ぶべき側室がいた。もっとも、彼が皇太子だった頃の話だが。

金の髪《かみ》に灰色の瞳《ひとみ》の少女。名は、ギュルバハルと言った。

「あの者だがな、実は……男だ」

「なっ！」

驚《おどろ》きのあまりダネルは言葉を失う。ファルザードはなにが面白《おもしろ》いのか、喉《のど》で低く笑う。

「笑い事ではありません！　陛下！　男をハセキなど！」

「しっ！　アシュガルならともかく、他《ほか》のおしゃべりな宦官共に聞かれたらことだぞ。とうとう、スルタンは物好きがすぎて狂《くる》ったとな」

「ですから！　そのような噂を広められる前に！」

「おかしいとは思わないか？

男のハセキが懐妊したという噂に躍《おど》り、焦《あせ》り、画策を巡らすネズミ共の姿をだ。

想像するだけで腹を抱《かか》えて笑いたくなる。奴《やつ》らがあとで、自分達が陰謀《いんぼう》を巡らした相手の正体は、美しいが偽《にせ》の花と知ったら、どんな顔をするだろうな？」

4

目覚めたとき、まだ夢の続きを見ているような気がした。

そこは見知らぬ部屋。藍色《あいいろ》の幾何学《きかがく》模様が焼き付けられたタイルが壁面《へきめん》を飾《かざ》り、置かれた化粧台《けしょうだい》や飾りダンスなどの調度は、小花の螺鈿《らでん》細工が施《ほどこ》された可愛《かわい》らしいもの。広い寝台の傍《かたわ》らにある小さなテーブルの上に置かれたオイルランプは、まだ昨夜の残り火が燃えていた。良くお休みになれるからと、女官が炷《た》いていった香《こう》の匂《にお》いが鼻をくすぐる。だが、部屋に差し込む明かりは朝を告げている。

セシルは、天蓋《てんがい》から垂れ下がる薄《うす》い紗《しゃ》のカーテンに仕切られた寝台から抜《ぬ》け出て、降り立った。素足《すあし》には、乳白色の大理石の床《ゆか》がひんやりと冷たい。

前方にある両開きの扉《とびら》からは、繊細《せんさい》な透《す》かし彫《ぼ》りの草花の文様越《ご》し、明るい日差しが外へと誘《さそ》っている。扉の前で少し躊躇《ちゅうちょ》してから、セシルは思いきってそれを開けた。

一瞬《いっしゅん》目の前が白くなるほどの強い日差しに、セシルは両手で目を覆《おお》い、そしてそっと開いた。

「…………」

あまりの美しさに感嘆のため息さえ出てこなかった。そこは、海の上に浮《う》かぶ庭園だった。可憐《かれん》に咲《さ》く花壇《かだん》の花々は海風に優《やさ》しく揺れ、柳《やなぎ》は涼《すず》しげな木陰《こかげ》をつくる。真ん中に造られた泉には噴水《ふんすい》があり、透明《とうめい》な水を次から次へと噴《ふ》き出している。休んだり、談笑したりするのに心地よさそうな、ベンチも屋根も大理石でできた四阿《あずまや》。

ただそれだけならば、感じの良い庭だという程度だろう。その光景を、異様な、この世のものとは思えない趣《おもむき》にしているのは、四方を囲む海だ。どこまでも青く深い色の。

海峡をまたぐ街の景色も、まるで庭自体が船で、海の上にぽっかり浮かんでいるような心地にさせる。

セシルは外に飛び出すと、朝の心地よい空気を胸一杯《むねいっぱい》に吸い込んだ。

そのとき、セシルが休んでいた部屋に、世話係の侍女《じじょ》がやってきた。彼女は空の寝台を見てセシルの姿を探し、庭へ向かう扉が開かれているのを見て外を覗《のぞ》き、目を剝《む》いた。

「まあ！　はしたない！」

そう一言叫《さけ》ぶと、大慌《おおあわ》てでセシルの下《もと》に駆《か》け寄る。

「たとえ宮殿《きゅうでん》の庭といえども、ハレムの中ならばともかく殿方《とのがた》の目にふれるような場所で、素顔をさらすなどはしたないことでございます！」

「さあ、ベールを！」と、被《かぶ》せようとしたそれを頭を振《ふ》って振り払《はら》う。

「嫌《いや》！　そんな窮屈《きゅうくつ》な物」

「ギュルバハル様！」

そう言って駆け出すセシルのあとを、女官が慌《あわ》てて追う。

広い庭での追いかけっこが始まる。途中《とちゅう》から騒《さわ》ぎを聞きつけた二人の女官が加わったが、普段《ふだん》走るなどということをしない彼女たちには、とてもセシルを捕《つか》まえることはできない。

セシルといえば、女官達が慌てふためくのがおかしくて、けらけらと陽気に笑う。

「お方様！　お待ちください!!」

「嫌《いや》って言ったら嫌！　待ったらそのベールを被せるつもりなんでしょ？」

駆けながら後ろを向き告げる。と、何かにぶつかった。と言うより、受け止められた。

視界には裸《はだか》の胸。上を見ると、呆《あき》れた顔で自分を見下ろすファルザードが。

「一体、なんの騒ぎだ？」

「へ、陛下！　お騒がせして申し訳ありません。その、ギュルバハル様が、ベールを付けてくださらないので……」

息も絶え絶えに訴《うった》える女官に、セシルは唇《くちびる》をとがらせる。

「だって、せっかくの良いお天気なのに、あんな布越しに見るなんて、俺、嫌だよ」

「ギュルバハル様！　陛下の前でなんて、言葉遣《づか》いを。し、しかも俺だなんて！」

女官達三人は、セシルののびのびした物言いに、そろって目を白黒させる。

スルタンのハレムに捧《ささ》げられる娘《むすめ》は、たとえ下位の女官だろうとそれなりに美しく、大臣《パシャ》の奥方も十分に務まるような、淑女《しゅくじょ》教育を受けるのだ。まして、スルタンの寵愛を受けるお部屋様《オダリスク》となればなおさらだ。

いや、彼女たちも目の前の美しい娘が、娘などではなく実は男であることは、昨日身体《からだ》を隅々《すみずみ》まで洗ったハマムで承知はしている。気の利《き》く白人宦官《かんがん》のアシュガルが、セシルの秘密を守るために選んだ、口の堅《かた》い者達ばかりだ。

自分達の仕える主人が変わり者であることを十分に承知していたはずの彼女たちも、男の寵姫には思わず眉間《みけん》に皺《しわ》を寄せた。しかし、だからこそ男といえど、誰《だれ》が見ても立派なお方様にしようと、昨夜、セシルが休んでから誓《ちか》い合った。その矢先の出来事である。

しかも、一番失態を見せたくない、スルタンの前で。あどけない顔で己《おのれ》を見上げるセシルを、凝視《ぎょうし》するファルザードの無表情が怖《こわ》い。

だが、ファルザードが見ていたのは、今のセシルではなく、過去の幻《まぼろし》だった。


『綺麗《きれい》なベールも、豪華《ごうか》な衣装《いしょう》も、見る分には良いけれど、着ると窮屈で仕方ないわ。これでは木登りをして林檎《りんご》を取ることもできないじゃない』


そう言って、同じように唇をとがらせた少女。

ファルザードのその切れ長の瞳が、ふと和《なご》んだ。そば仕えの者達がいままで見たこともないほどの優しい微笑《びしょう》を見せて、セシルの頭をくしゃりとなでる。

「まあ、良い。たしかにこんな天気の良い朝には、のびのびと庭を散歩したいものだな。私も朝日に輝《かがや》くお前を無粋《ぶすい》なベール越しなどで、見たくはない」

ほっと胸をなで下ろす女官達には。

「お前達は下がると良い。

庭の四阿で休んでいるから、ギュルバハルにはシェルベットを、私にはコーヒーを持ってくるように」

「かしこまりました」と女官達三人は去り、セシルはファルザードに「ついて来い」と言われて、四阿に向かった。

四阿は、五段ほど大理石の階段を積んだ上に建っている。これまた大理石でできた椅子《いす》に二人、向かい合わせに座る。狭《せま》い海峡《かいきょう》、二つの大陸の岸が途切《とぎ》れてもさらに向こうに続く、どこまでも広く青い海を眺《なが》めながら、セシルは口を開いた。

「俺のこと知ってるって、昨日言ってたよね?」

「違《ちが》うだろう」

「え?」

「いくらなんでも、貴婦人が〝俺〟では格好《かっこう》がつかない。〝わたくし〟だ。言ってみろ」

「わたくし?」

「そうだ」

「わたくし、わたくし……」とセシルは口の中で繰《く》り返す。そこにさっきの女官の一人が、シェルベットとコーヒーを持ってきた。

セシルはもう一度、ファルザードに話しかけた。

「わたくしのことをご存じだとおっしゃってましたわね？　でしたら、教えてくださいますか？　わたくしのこと。あなたのこと……」

女官の、シェルベットを給仕しようとする手が止まり、ファルザードも目を丸くする。

セシルは「ありがとう」と女官の手からシェルベットを受け取った。一口すすり、その冷たさと甘さ、香《かお》りさえ良いのに思わず呟《つぶや》く。

「美味《おい》しい。これはなんですの？」

「シェルベットだ。お前の好物だった、薔薇《ばら》水の」

「そうですの。今も、また好きになりましたわ」

「それは、良かった」

ファルザードが傍《かたわ》らでまだ呆然《ぼうぜん》としている女官に、下がるように命じる。彼女は我に返ると、あわてて一礼して去って行った。

「まったく、いきなり変わるから、余も女官も驚《おどろ》いたぞ」

「え？　なんですの？」

「その言葉遣《ことばづか》いだ。市井《しせい》の、砕《くだ》けた口調が飛び出していた口から、生まれながらの貴婦人のような宮中言葉がすらすら出れば、誰でも驚く」

それどころか、仕草もだ。シェルベットをすするその手つき、海風になびく髪《かみ》をかき上げる仕草も、色っぽい。

指摘《してき》されて、セシルは戸惑《とまど》ったように考え込む。

「あら、どうしてかしら？　不思議ですわね。なぜだか自然に……」

本当に自然にできたのだ。ごく当たり前のことのように。

「元の市井の言葉に戻《もど》すことはできないのか？」

「できるよ。こっちが本当だもん」

「………」

なんとも言えない顔をするファルザードに、悪戯《いたずら》っぽくクスクスと笑う。

「で、言葉を改めたら、わたくしのことを教えてくださるとおっしゃってましたわね？」

「前の口調で良い。どうにもお前と話している気がしない」

セシルはファルザードの顔をじっと見つめた。

「なんだ？」

「前、おなじようなことを言われた気がしたから」

『私にまで、人前で話すような言葉で話しかけるな。

お前とは違う、別人と話しているような気がする』

「……私には本当の顔を見せてくれって……あれはあなたに言われたんだろうか？」

考え込むセシルの顔をファルザードはちらりと横目で見て、顔を前に向けた。

「林檎《りんご》の木だ」

「え？」

「そこにある」

セシルはファルザードの視線の先を見た。たしかに、一本の木がある。

「今は季節ではないから実は生《な》っていないし、この庭の林檎は酸《す》っぱすぎてとても食べられたものではないがな。

しかし、お前の故郷の実は甘く、美味だ」

「俺の故郷はどこに？」

「ここから遥《はる》か北。ルーシーの辺境だ。お前は住んでいた村をタタールの山賊《さんぞく》共に襲《おそ》われ、多くの娘達とともにさらわれて、このナセルダランにやってきた。奴隷《どれい》として売られ、見目が良かったために王宮のハレムに納められたと言うわけだ」

「王宮のハレムって……？」

「ハレムは、スルタンに奉仕《ほうし》する女共が暮らす場所だ」

「スルタンって？」

「ナセルダランの主だ。帝国《ていこく》の皇帝だ」

「あなたは？」

「そのスルタンだ。名はファルザード」

「それは知ってる。昨日教えてもらった」

全《すべ》てを忘れてしまったセシルにとっては、スルタンという地位も恐《おそ》れ敬うようなものではない。いや、たとえ記憶《きおく》があったとしても、相手の地位に臆《おく》する彼ではないが。

ファルザードのほうもそれに気分を害するような狭量《きょうりょう》な男ではない。もっとも、酔狂《すいきょう》が過ぎて記憶を失った……いくら美しくても男を、自分の寵姫《ちょうき》に仕立て上げてしまうような男だが。

「……それで、村が襲われて俺の家族はどうなったんだろう？　同じように奴隷として売られてしまったのだろうか？　それとも……まさか……」

セシルはその白い顔を曇《くも》らせる。

全てを忘れてしまったというのに、いや、たとえ思い出したとしても自分の生まれた村が襲われた、そんな記憶はないというのに、話の中だけの家族を心配できるのは、生まれ持った彼の優《やさ》しさだ。

そしてファルザードの心の中にある娘《むすめ》も、そんな優しさを持っていた。

「大丈夫《だいじょうぶ》だ。タタールの目当ては高く売れる娘だけだからな。

家族と逃げる途中《とちゅう》で、自分がおとりになって家族を逃《に》がしたと、お前は以前そう言っていた」

「そう、よかった」

心から喜び微笑《ほほえ》む。そのセシルの顔をファルザードがじっと見つめ、そして、おもむろに彼の手を取った。

「なに？」

セシルの問いには答えず「やはりな……」とファルザードは独り言のように言った。そのあとには『剣《けん》を握《にぎ》る手だ』と続くのだが。

セシルの、男とは思えない白く華奢《きゃしゃ》な手はしかし、手のひらは堅《かた》く、剣を持ち慣れた手だった。

「昨日のことを憶《おぼ》えているか？」

そう訊《き》かれて、霞《かすみ》がかかったようになったままの昨日の記憶を必死に思い出す。あごに手を当てて膝《ひざ》を抱《かか》え込む。

「なんだか夢の中の出来事みたいで、よく憶えていない。目を開いたら、すぐ前に剣を振《ふ》りかざした男がいて、それを避《よ》けて気がついたら、当の男が血を噴《ふ》き出して床《ゆか》にひっくり返っていた。

あれは、俺がやったんだよね？」

恐る恐るファルザードを見る。自分が知らない自分。人を殺す、その手に怯《おび》えて。

「ああ」

ファルザードははっきりうなずいた。

「そうなんだ。俺がやったんだ」

セシルは、ぽつりと言ったきり黙《だま》り込んだ。そのセシルの反応に不思議そうな顔でファルザードが訊く。

「なにも感じないか？　奴《やつ》は死んだのだが」

セシルは、うつむいていた顔をあげ、その細い眉《まゆ》をきりりとつり上げて、ファルザードを睨《にら》み付ける。

「人を冷血漢みたいに言わないでくれる？　人を一人斬《き》り殺したんだよ！　だけど、あのときそうしなければ、俺が殺されていた」

「そうだ」

「でも、それは言い訳にはならない。もしかしたら殺された男には家族がいたかもしれないし、男を愛してる人がいたかもしれない。そんな人達から見れば、俺は立派な人殺しだ。当の男から見ても……。

俺が殺したって事実は変わりがないんだから……」

顔の前で祈《いの》る形で握りしめたその手が震《ふる》えている。だが泣き叫《さけ》ぶようなことはしない。そんなことをしても自分がこの手で殺《あや》めた人間の命は返ってこないからだ。じっと罪の重さに耐《た》えて。

「お前が責任を感じることはない。お前に剣を教えたのは余だ。余を守るために、お前はその手に剣を握り、人を傷つけることを覚えた。だから、その罪は私にある」

「……それは違《ちが》う。たとえそうだとしても、その剣を振り下ろしたのは俺だよ」

我ながら声は弱々しい。だが、その口調はきっぱりと言った。

「たしかに、あなたが俺に剣を教えたのかもしれない。だけど、学びたいと思ったのはたぶん俺だ。

あなたを守りたいと、自分にも力が欲しいと望んだのも、きっと俺だから」

勢い込んでそう話すと、ファルザードが信じられないものを見るような目で自分を凝視《ぎょうし》する。

「同じようなことを言うのだな。お前は」呟《つぶや》くように言う、その言葉に「なに?」と問う。

それには応《こた》えず、彼は続けた。

「ファルザードだ」

「なに?」

「ファルザードだ。そう呼ぶことをお前には許す」

『私の名は……だ。……ル。これからはそう呼べ』

その言葉に重なる同じような低い声。一体いつ頃《ごろ》言われたのか、もどかしく思い出せない。

誰《だれ》に言われたのかも……。

「……前、俺に同じことを言った?」

問いかけるセシルに、「言ったかもしれないな」とファルザードが応え、立ち上がる。『どこへ?』とセシルが問いかける前に「政務だ」と言い、去った。

その後ろ姿を見送りながらセシルは「不思議な人」と呟いていた。とらえどころがない。優しいと思えば妙《みょう》に突《つ》き放したような物言いをするし。

それに、本当にあの人と自分はここで暮らしていたのだろうか？　彼の言動や仕草にはどこかなつかしささえ感じるが、やはり違和《いわ》感がある。なにかが違うのだ。そのなにかがわからないけれど……。


「誰を思い出しているのかはしらないが……」

ファルザードが思わず呟くと、横に控《ひか》えていたダネルがうかがうそぶりを見せる。しかし、けして自分から口に出して問うようなことはしない。主人が話したいときだけ話し相手になる。しつけの良いそば仕えの態度だ。

海の離宮《りきゅう》であるドルマ・バフチェから王宮《イエニサライ》に向かうには、船に乗らなければならない。スルタン専用の竜頭《りゅうとう》黄金の船に揺《ゆ》られながらの会話だ。

両脇《りょうわき》の陸地のみならず、自ら支配する海峡《かいきょう》を睥睨《へいげい》しながら、ファルザードは口を開いた。

「やはり、あの名を与《あた》え、そばに置いたのは間違いだったかもしれん」

「あの娘のことですか？」

〝娘〟と口にするのにダネルの顔には複雑な表情が浮《う》かび消えた。ファルザードもそれを笑い。

「お前の言うとおり、同じ名など与えるべきではなかった。名など適当に付ければよかったものを」

「………」

「あの名だから似ていると思うのか……。それとも本当に似ているのか……」

『ファルザード、わたしがあなたを守りたいの。

わたしには剣を握る手も、お金も兵隊も、誰かに命じてあなたを守らせる力さえないけれど。でも、守りたいの。わたしにはあなたを想《おも》うことしかできないけれど、その想いは力にならないかしら？　あなたの立つ戦場の、見えぬ盾《たて》にならないかしらと、ずっと馬鹿《ばか》なことを想ってしまうの』

そう言って、健気《けなげ》に自分を見上げた少女。だが、自分の身を守るすべさえ知らず、逝《い》ってしまった。

今、剣を握る手を携《たずさ》え、同じことを言う存在が自分の前に現れた。それを、彼女の生まれ変わりなどと思えるほど、自分は神など信じてはいないのだが……。

5

イェニサライ。かつては海峡を睨み付けるように武骨な大砲《たいほう》が並べられていたというその場所に、今は優美な姿の白い大理石の列柱が並ぶ城。海側から見るその白い姿は、女性的でとても美しい。

だが、街の側から見るスルタンの宮殿《きゅうでん》はまた、別の顔を見せる。東と西の大陸の端《はし》にまたがる領土を持つ、大帝国《ていこく》の宮殿としての威厳《いげん》を備えた姿。その大門自体が四つの尖塔《せんとう》を備えた、巨大《きょだい》な建造物だ。地方の領主の城ほどもあるその大きさにまず、外国からの大使は、度肝《どぎも》を抜《ぬ》かれる。

馬車でその門を通り抜けると、今度は広大な広場に出る。年に一度の閲兵式《えっぺいしき》では、この広場一杯《いっぱい》に兵と騎馬《きば》が居並ぶ。吹き鳴らされる楽隊のラッパと太鼓《たいこ》の音に、招待された西大陸の大使達は、かつてこの音色が聞こえただけで悪魔《あくま》の軍隊が来たと自分達の祖先は逃《に》げ回ったのだと、古《いにしえ》に思いを馳《は》せる。

どこまでも続くかに見える石畳《いしだたみ》の向こうには、第一の門よりは小さいものの、二つの尖塔を備えた門が見える。ここで、たとえどんな大国の大使だろうと、大臣《パシャ》達でさえ、馬車や馬を降りることを強要される。

徒歩で門をくぐると、そびえる国政庁《ディワーン》の六つのドームが合わさった、その丸屋根の大きさ見事さに圧倒《あっとう》される。その向こうにも、いくつもの尖塔、大小様々なドームが山脈のように連なって見え、一体この宮殿はどれほどの大きさなのか？　と、帝国を統《す》べるスルタンの力の大きさ、財の程を思い知らされるのだ。

――この国を手に入れることは、アキテーヌとファーレンを合わせた程の価値があるかもしれないな。スルタンになるのも悪くはない。

そんな不遜《ふそん》なことを考えられるのはこの男くらいだろう。

アルビオンの特使ハロルド・ネヴィルことアルマンは、迎《むか》えに出てきた白人宦官《かんがん》に先導され、ディワーン宮の中にある、スルタンが外国の大使と謁見《えつけん》する部屋へと向かった。

権威《けんい》を表すように、大きなターバンに金糸のカフタン、宝石で身を飾《かざ》ったパシャが居並ぶ。その中央に、スルタン・ファルザードの姿があった。

西大陸の王侯《おうこう》の玉座のように、何段もの階をつけた仰々《ぎようぎよう》しいものではなく、一段ほどしか高さがない台の上に彼はいた。座っている長椅子《ディヴァン》は、美しい真珠貝《しんじゆがい》を蝶《ちよう》の文様に磨《みが》き出した、見事な黒塗《くろぬ》りの螺鈿《らでん》細工。そこに、赤地に金糸を織り込んだ繻子《しゆす》のクッションをいくつも積み重ね、足を投げ出し寝《ね》そべるように座っている。

外国の大使に会うからといって、服装を改めるようなファルザードではない。この日も、その見事な銀の髪《かみ》を、婦人の髪のように奔放《ほんぽう》に垂らしたまま。上半身は、袖無《そでな》し薄絹《うすぎぬ》の裾《すそ》の長いカフタンを、前を閉じないまだらしなくはおり、裸《はだか》の胸をあらわにしている。そこには、南方の呪術師《じゆじゆつし》か踊《おど》り子のごとく、じゃらじゃらと首飾《くびかざ》りをいくつもぶら下げ、腕《うで》にも黄金《おうごん》や銀製の腕輪《うでわ》を、重なって層に見えるほどつけている。腕をかすかに振《ふ》るだけで、しゃらしゃらと鈴《すず》のような音をたてた。

噂《うわさ》通りの奔放なスルタンらしいと、片膝《かたひざ》を付き頭《こうべ》を垂れた姿勢からうかがい見ながら、アルマンは思った。

しかし、太平に酔《よ》い、奢侈《しゃし》に溺《おぼ》れて堕落《だらく》しきった帝国の主の姿と思うには、その肉体は見事すぎた。彫像《ちょうぞう》のように鍛《きた》えられた戦士の肉体だ。このスルタンは、大勢の兵に守られ後ろから指揮をするような男ではないだろう。むしろ、その先頭に立ち、羊の群さえ狼《おおかみ》に変える一匹《ぴき》の獅子《しし》。自ら剣《けん》を振るって、己《おのれ》の生を勝ち取る者。

それは、アルマンにある男を連想させた。我《わ》が永遠の友にして好敵手《ライバル》。むこうがそう思っているかどうかは知らないが。

――そういえば、雰囲気《ふんいき》まで良く似ている。

長椅子に横たわりくつろいでいてもなお、刃《やいば》のような厳しさを持ち合わせている。こちらを見る、人の心の奥底まで見通すような鋭《するど》い瞳《ひとみ》。

スルタン付きの小姓《こしょう》が声を張り上げる。

「こちらにおわすのは、スルタンの中のスルタン、王の中の王、地上の君主達への王冠《おうかん》の授与《じゅよ》者《しゃ》、地上に映る唯一《ゆいいつ》絶対の神の影《かげ》にして、東と西の大陸を分かつ海峡の守護者、地上の楽園キジル・エルマの主にして、西大陸のナトリア、ルーメリア、東大陸のカディル、バクル……」

「だまれ！」

声と共にファルザードの手から何かが投げられた。

弧《こ》を描《えが》き小姓の頭に見事命中して床《ゆか》に転がったのは、かじりかけの林檎《りんご》。ファルザードが寝そべりながら、今の今までがりがりとやっていたものだ。

「余は忙《いそが》しい。いつもなら寝ながら夢うつつに無駄《むだ》に長い型どおりの文句を聞くところだが、その時間も惜《お》しい」

実はこのあとに二十ほどのスルタンが治める土地の名前を並べたあとやっと、アルマンの名が呼ばれるのだ。

『そのほう、西の辺境の島国、アルビオンの特使ハロルド・ネヴィルか』と……。

王の中の王だの、神の代理人だの、領地の名前を散々並べた末に、辺境の島国とくれば、おそらくこの場にかのアルビオンの皇太子がいたなら、一悶着《ひともんちゃく》起きたかもしれない。

「アルビオンの特使とやら、顔を上げろ。直接名乗ることを許す。言ったとおり、余は長口上は嫌《きら》いだ。手短に話せ」

ファルザードの突飛《とっぴ》な行動はいつものことなのだろう。並ぶパシャ達も、特に止めに入ったりはしない。いや、むしろその奔放な様子から想像するに、激しい気性《きしょう》のスルタンに逆らいでもしたら、なにをされるか分からないというところなのだろう。

彼がスルタンに即位《そくい》したときの騒動《そうどう》は、西大陸でも大変な噂になったものだ。自ら叔父《おじ》を斬り捨てた若いスルタンの出現に、再びあの悪魔の軍隊がこの大陸に攻《せ》めのぼって来るのではないか？　という、風聞さえ飛び出したほどだ。

だが、パシャの幾人《いくにん》かは、それでもスルタンの行動に眉《まゆ》をひそめるような顔をしていた。これで、無表情だが、しかし内心は彼らと同様の者達を集めたら、幾人になるか。ひょっとしたら、この場にいるパシャの全員かもしれない。

それならば、十分にこの国に付け入る隙《すき》があるかもしれない。生まれながらに野望の竜《りゅう》を身に飼う男は、新たに胸のうちに生まれた策謀《さくぼう》の芽に心躍《おど》らせながら、口を開いた。

「ハロルド・ネヴィルと申します。陛下の特使ではなく、ヴァンダリス殿下《でんか》の特使として御前《おんまえ》にまかりこしました」

元アキテーヌの四枚舌の外交官と呼ばれた身には、今の口上はかなり物足りないものであったが、相手の性格を考えれば、ときに率直に話すことも取引の手段ではあった。

「ほう、アルビオン王の特使ではなく、その王子の使いとして参ったか？」

「御意《ぎょい》」

思惑《おもわく》どおり、ファルザードは長椅子から身を起こした。このスルタンの耳にも、実質あの国が王ではなく、皇太子によって動かされていると耳に入っているに違《ちが》いない。

「そのアルビオンの皇太子の〝片腕《かたうで》〟が、はるばるこのナセルダランまで何用だ？」

なるほど、このスルタンは侮《あなど》れないと、アルマンは内心うなる。

自分のアルビオンでの地位、誰《だれ》を後ろ盾《だて》にしているかなど、とっくに承知しているらしい。

「その前に、アルビオンから陛下への贈《おく》り物《もの》。陛下はご覧になられたのでしょうか？」

セシルをスルタンへの進物としたのは、別に考えがあったわけではない。この男らしい、気まぐれな遊びだった。

後宮に送られ、男だとバレたあと、どうなるかはセシルの運次第。もし、アルビオンに責任を問われるようなことがあれば、奴隷《どれい》商の口車に騙《だま》された、男とは知らなかったと、他《ほか》の物を用意すれば良い。

そして……。

もし、万が一、スルタンに気に入られ後宮に留《とど》められるようなことになれば、おそらく今頃《いまごろ》セシルを必死になって捜《さが》しているオスカーとアキテーヌを巻き込んで、ますますややこしく面《おも》白《しろ》いことになる。

「あの進物《ヘディイエ》か。あれほど珍《めずら》しい黄金の小鳥は、さすがにこの帝国のハレムにもいない。大変気に入ったぞ。

さっそく部屋を与《あた》えてな。側室《イクバル》とした」

ファルザードが声まであげて陽気に笑う。よほど珍しいことなのか、左右にいる側近たちも目を丸くしている。

「名も余が改めて与えた。ギュルバハルという。春の薔薇《ばら》という意味だ。美しかろう？」

「はい。真《まこと》にお似合いと存じます」

ギュルバハルという名がスルタンの口から出たとたん、幾人かの者達が顔を見合わせた。そうでは無い者達も、顔色が変わっている。

『一体なんだ？』と疑問に思いつつも、アルマンは予想以上の結果に内心ほくそえんでいた。それに今のセシルは記憶《きおく》を失っている。スルタンの愛妃《あいひ》となった妻の姿を見たら、オスカーはどんな顔をするだろう？

「恐《おそ》れながら、陛下にお願いがございます」

「なんだ？　申せ」

「お人払《ひとばら》いを。私がこのお国に参った用件はそのあとで述べたいと存じます」

「無礼な！」とパシャの一人が声をはりあげる。他のパシャも声には出さないものの、非難の視線を一斉《いっせい》にアルビオンの使者に向ける。

「なぜだ？　ここにいるのはいずれもナセルダランの忠臣ばかりだ。秘事を外に漏《も》らすようなことはない」

「まことに恐れながら、お歴々が居並ぶこの中で私がたとえ鴉《からす》の鳴き真似《まね》をしたとしても、公式の文書にアルビオンの言葉として記録されてしまうことでしょう。

それはアルビオンの恥《はじ》にございます。なにとぞお許しくだされるよう」

アルマンは部屋の隅《すみ》、机を挟《はさ》んで向かい合わせに座ってペンを滑《すべ》らす、書記二人に視線を向けた。スルタンと外国大使の謁見《えっけん》は全て、記録に取られる。大使との謁見だけではなく、スルタンとパシャ達がそろっての御前《ごぜん》会議や、その日のスルタンの行動、食事のメニュー、はてはスルタンとどの側室《オダリスク》が、同衾《どうきん》したかまで記録されるのが、この宮殿《きゅうでん》の慣わしとなっていた。

「なるほど、アルビオンの鴉はさぞ珍しい声で鳴くのだろうな。

それがどんなさえずりでも、人の文字で書くのが書記の役目だ。だがナセルダランの鳥ならばともかく、西大陸の異国の鳥の鳴き声となると、文字に記すことができないかもしれない。

だが、文章に起こさねば偽《いつわ》りの公式文書を書いたとして書記が罰《ばっ》せられる。またパシャ達がいる席では、書記が記録を取るのも国の定め。

あい、わかった。人払いを命じる。皆《みな》の者、疾《と》くこの場から立ち去れ」

「陛下!」とファルザードの横にいたパシャが呼びかけるが、ファルザードはそ知らぬ顔だ。

それでも彼が立ち去らずにいると、ちらりとなにげない視線を投げかけ。

「どうした? 早く去らぬか! パシャがここに居れば、書記が残らねばならぬ。

異国の鳥のさえずりを記せぬ書記は死なねばならぬぞ。そなたも罪のない書記を殺したくはあるまい?」

しらとした顔でそう言われては、パシャとしてもこれ以上言い様もない。彼は憤懣《ふんまん》やる方ない足取りで、最後に部屋を出ていった。

広い空間には、アルマンとファルザードだけが残された。どこに聞き耳を立てている者がいるかしれないが、それでも人払いをさせただけで十分だ。ここから先の話は、アルビオンとナセルダランの国対国の話ではなく、あくまでファルザードとアルマン個人のやりとりとなる。

「さて、アルビオンの鴉がどのような珍妙《ちんみょう》な声で鳴くのか、聞かせてもらおうか？」

「偉大《いだい》なる陛下がおわすこの都キジル・エルマは、紅《あか》き林檎という意味だとお聞きしました」

「そうだ。我《わ》が祖先はここから遥《はる》か東、草もまばらな荒《あ》れ野に住む遊牧の民《たみ》だった。やせた土地を放浪《ほうろう》する遊牧の民から見れば、豊かな土地が広がるこの地はまさしく、紅く甘い林檎のなる都に見えたわけだ」

どこの王朝でも代を重ねれば重ねるほど、その血の神聖性を強調し、己《おのれ》の本当の出自は隠《かく》したがるものだ。例えばこのナセルダランから遥か東にある大国シェナの、ある王朝の皇帝などは、とある歴史学者が正直に、王朝の始祖が一介《いっかい》の農夫に過ぎないと書き記した、それだけで怒《いか》り狂《くる》い、一族郎党《ろうとう》、女子供に至るまで根絶やしに処刑《しょけい》した。神聖な皇帝の血筋が農夫であったなど、たとえ事実とはいえ、いやだからこそ、隠すべき秘事だったからだ。

だが、遊牧の民だった記憶は遥か遠く、生まれながらのスルタンであるこの男は、その事実を自ら口に出して恥《は》じない。

おそらくは己に絶対の自信があるが故なのだろう。だが、重い歴史と伝統、因習に縛《しば》られたこの宮殿の中では、まるで先祖返りの騎《き》馬《ば》の民のような奔放《ほんぽう》な精神を持つこの男は異質すぎる。その激しい魂《たましい》は、周囲の者達を引きつけると同時に、古き物に囚《とら》われる人々にとっては破《は》壊者《かいしゃ》と映るに違いない。それは憎《にく》しみを呼び起こす。

そう、かのアキテーヌの黒衣の宰相《さいしょう》が現れたときに、彼の改革の政策よりもなによりも、王族、貴族達は、彼自身を恐れ憎んだ。彼が、自分達のよりどころである伝統という名の因習を断ち切る破壊者だと、本能で感じたように。

これは、このスルタンの敵対者達とも会っておく必要があるかもしれない。アルマンは心の内で、穏《おだ》やかならざる算段を決めながら口を開く。

「お言葉ながら、たしかにこの都は東と西の富が集まる希有《けう》な都でございます。が、陛下にとっては、いえ歴代のスルタン全《すべ》ての方々にとっては、真の紅い林檎《りんご》の都とは言えますまい」

「ここが、真の都ではないと申すか？」

「御意。百年あまりも昔、かの偉大なるスルタン・ハスドルバルは別の都をキジル・エルマと定められておりました」

「……偉大なるスルタンではなくて、お前達西の大陸の人間にとっては、東方の悪魔《あくま》の王ではないのか？

たしかに百年前、我が祖先の大軍はファーレンの帝都《ていと》ヴィストを包囲すること半年あまり。熟《う》れた林檎は今にもその手に落ちてくるばかりだったが、あのときはお前達西大陸の勇敢《ゆうかん》な騎士《し》達に阻《はば》まれた」

百年前の出来事を、ヴィストの人々は未《いま》だ忘れていない。今でも眠《ねむ》らず騒《さわ》ぐ子供を、ハスドルバルの軍隊にさらわれるよ！　と脅《おど》しつけるぐらいなのだから。あの国では、スルタンの名は悪魔の代名詞のようなものだ。

「偉大なるスルタンの夢。陛下がお継《つ》ぎになるおつもりはございませんか？」

「余にヴィストに遠征《えんせい》しろと申すか？」

ファルザードはつまらなそうに言うと、あくびさえした。

「先祖の偉業《いぎょう》を真似《まね》するのも芸がないな。それに今度こそヴィストを陥落《かんらく》させられなければ、余は良い笑いものだぞ」

「いいえ、同じ遠征でも今度の行き先はヴィストではありません」

「では、どこだ？」

「アキテーヌの王都アンジェを」

その言葉にファルザードは、横たわっていた長椅子から身体を起こした。

「アルビオンの鴉、多少は変わった声で鳴き出したようだな。

だが、我が国よりアキテーヌは、ファーレンを隔《へだ》てた先にある。兵を送り込むには、どうする？　空でも飛んで行くのか？」

「いいえ、船で海を越《こ》えて行くのです」

「なるほど、さすが島国アルビオンの鴉だけあるな。とても祖先が騎馬の民の我らには思いつかない発想だ」

ファルザードは心底感心したように、あごに手を当てた。

「だが、我が国にはアンジェを包囲するほどの大軍団を乗せるような、船の数はない。それを操《あやつ》る水夫の数もな」

「船ならば作ればよろしいのではありませんか？　偉大なるスルタンの財力ならば、巨大《きょだい》な帆《はん》船《せん》の十隻《せき》や二十隻、軽く作ることがおできになりましょう。

水夫の問題は、我がアルビオンが協力いたしましょう。優《すぐ》れた海の民である我が海軍の将校が訓練したならば、強壮《きょうそう》で優秀《ゆうしゅう》なるスルタンの兵、たちまち船を操るすべを覚えましょうぞ。

思えば馬も船も揺《ゆ》れるのは同じこと。ならば、乗りこなす理屈《りくつ》も同じでございましょう」

「同じ理屈とは簡単に言ってくれるな。しかし、我が民は馬に乗れる者は多いが、泳ぎはできない者も多い。水夫の訓練は、まずこの宮殿の前にある海峡《かいきょう》に叩《たた》き込んで、無事に向こう岸にたどり着いた者にせねばなるまいな」

ファルザードは陽気に笑ったが、もしこんな試験が行われるとしたら兵達はみな青ざめるだろう。街を分ける海峡の流れは速く、相当泳ぎが達者な者でも、この海峡を泳いで渡《わた》ろうなどという強者はいない。

「しかし、余の軍団がアンジェを陥落させアキテーヌを支配したとして、協力するアルビオンにはなんの益がある？　いや、なにが望みだ？」

「恐《おそ》れながら、バルナーク一国。我がアルビオンの領地として頂きとう存じます」

バルナーク公国は、アルビオンとアキテーヌを隔てる海峡に突《つ》き出したような半島の小国だ。

軍事的にはアキテーヌの属国同然のあの国からすれば、アキテーヌを失うことは丸腰《まるごし》になるも同じ。アルビオンから見れば、もぎ取ってくださいといわんばかりの甘い果実となる。

ただし、新たなる果樹園の主となる者に許可は得なければならないが。

「バルナークか……あのような芥子《けし》の粒《つぶ》ほどの領地しか持たぬ国に、どのような意味があるのか？」

「お言葉ですが、その粒に宝石ほどの価値がございますゆえ、あの国は」

「なるほど貿易か……」

バルナークは西大陸屈指《くっし》の貿易港として栄える、ベスザという港を持っている。いや、ベスザそのものがバルナークと言っても良いだろう。

「たしかに、これからの時代領土ばかり広くても意味はない。金を生み出す街や港、それこそが価値あるものだ。

だが、それほど高価な宝石、誰《だれ》もが欲しがるものと考えないか？」

「もちろん、宝石から生み出される黄金の一部。偉大なるスルタンに献上《けんじょう》させていただきます」

「ほう？　年貢《ねんぐ》を納めるというのか？」

ナセルダランは広大な領地の他《ほか》に、いくつもの属国や自治領を抱《かか》えている。キジル・エルマの街そのものにも、シェナやロンバルディアから渡ってきた商人達の自治区というものがあり、そんな属国や自治領に住む住人達には、自治権を与《あた》える代わりに、年貢を納めることが義務づけられていた。

年貢さえ納めれば、支配国であるナセルダランは、その地の行政や事件には一切口出ししない。もちろん、そこを治める代表者達の手にあまるような事態になれば、スルタンやパシャ達が直接乗り出してくることはあるが……。

幾多《いくた》の国、民族、宗教を飲み込み拡大していったナセルダランの国としての強さは、この辺りにあるのかもしれない。支配はするが統治はしないのだ。面倒《めんどう》な民の管理はそれまでの支配者や国の代表に任せ、スルタンの手には年貢といううまみだけが残る。

「はい、バルナークという国名は残し、ナセルダランには年貢を。支配するのは我《わ》がアルビオンということで」

「住民はナセルダランとアルビオン、二重に搾取《さくしゅ》されるわけか」

「今まで大いに儲《もう》けてきた商人の街です。やせた土地を耕す貧農ならばともかく、彼らにとっては重い財布が多少軽くなるだけのこと。痛くも痒《かゆ》くもないでしょう」

「だが、いかにうまみの多い果実とはいえ、バルナーク一つのためにナセルダランを動かすわけではあるまい？　アキテーヌを攻め滅《ほろ》ぼしたあとはなんとする？」

「領地となったアキテーヌとナセルダランのあいだに挟《はさ》まれたファーレンを攻められて、今度こそヴィストを掌中《しょうちゅう》に収められるもよろしいでしょう。私の希望としては、アキテーヌから南に下られてロンバルディアの小国を一つずつ飲み込んでいくというのを、おすすめしたいと思いますが。そのおりにはまた街を一つ、頂きとう存じます」

「今度はどこだ？」

「カンパラーラ。あの美しき海上の都を」

「バルナークと同じく栄える貿易都市だな。アルビオンは海上貿易の覇者《はしゃ》となるか？」

「御意《ぎょい》。そして陛下は陸の覇王《はおう》となられませ。西大陸のみならず、東の大陸も……パガンにシェナ、赤き林檎の国はまだまだあります。我らアルビオンは陛下の覇道《はどう》を海から支えましょうぞ」

「やれやれ、世界を支配せよと申すか。陸の覇王とは大きく出たものだ」

スルタンは陽気に笑った。アルマンはそれに乗じて、良く動く舌をますます滑《なめ》らかに、甘い言葉を繰《く》り出す。

「それには、まず、アキテーヌに攻め上ることにございます。白いターバンを頭に巻いたスルタンの親衛隊が、王都アンジェの周りを取り囲んだ光景を見れば、向こうの兵は百年前の恐怖《きょうふ》を思い出し、戦う前から怖《お》じ気《け》づくことでしょう。

平和に慣れた西大陸の人間達に、ナセルダランという国、ファルザード陛下という皇帝《こうてい》が居ることを思い出させてやるのです！　そして、陛下の御名は真に紅き林檎《りんご》の都を手にした覇王として、永久に語《かた》り継がれることとなりましょう！」

「そちの口車に乗ると、この地上の国どころか、天上の神々の国まで攻め上れと煽《あお》られそうだな」

なおもファルザードはおかしげに笑い、しかし、冷めた眼差《まなざ》しをアルマンに向けた。

「だが、夢物語に聞くだけなら心地よい壮大《そうだい》な遠征《えんせい》計画も、実行するとなれば様々な障害が出る。

アルビオンの鴉《からす》よ。お前は無事に我が兵がアキテーヌに渡ったあとのことばかりを語るが、その途中《とちゅう》で船が沈《しず》められたらどうする？　大型の軍艦《ぐんかん》を何隻も作れば、隠《かく》しておける港などない。さすがに遠く離《はな》れたアンジェにも、情報は伝わるだろう。名高いアキテーヌの黒宰相《さいしょう》がなにもせずに手をこまねいて、見ているだけとは思えぬ」

「我がアルビオンの戦艦《せんかん》が、護衛となりましょう。アキテーヌの海軍などには、負けませぬ！」

ここでも我が計画の前に立ちふさがる親友の存在に、アルマンは苦笑《くしょう》せざるをえない。もっとも、その親友を倒《たお》し、彼が守る国を奪《うば》うために、自分は動いているのだが。

それに、いくら四枚舌のかつての外交官といえど、初回でスルタンにアキテーヌへの遠征《えんせい》を決意させられるとは思っていなかった。いや、たとえ自分の滞在《たいざい》中に説得できなくても、この若く雄々《おお》しいスルタンに西大陸への遠征の夢を植え付けるだけでも十分だ。小さな種でも、それはやがて芽吹《めぶ》き花を咲《さ》かせ、かならずや嵐《あらし》を呼び起こす。その大陸の動乱に乗じる機会もあるだろう。

「しかし、こういう手もあるぞ。お前の口車に乗ったフリをして裏でアキテーヌと通じ、かの国を攻めるフリをして、アルビオンを攻めるというな」

虚《きょ》をつかれた顔になったアルマンを見て、ファルザードは声を殺して笑った。どうやら、こちらのほうが本当に楽しんでいる笑《え》みらしい。

「どちらにしても、アキテーヌもアルビオンも遠すぎるな。それに余は船旅は苦手でな、今回は見合わせることとしよう」

退出しろという合図なのだろう、ひらひらと手を振《ふ》るファルザードに一礼して、アルマンは背を向けた。

「待て」

呼び止められて振り返る。

「お前、アルビオンから幾《いく》ら禄《ろく》をもらっている？

今の二倍。いや三倍出しても良いぞ。余に仕えぬか？」

「それは……大変ありがたいお言葉にございますが……」

どう答えて良いものか、アルマンは返答に詰《つ》まった。相手の真意が読めない。

気まずい沈黙《ちんもく》を破ったのは、ファルザードの陽気な笑い声。心底おかしげに腹を抱えて。

「本気にしたのか？　アルビオンの特使ともあろう男が、そんなに単純でどうする？

それでは、口から先に生まれてきたような他国の外交官にしてやられるぞ。やつらは、口と行動は違《ちが》うのが当たり前という、信用ならない人種だ」

からかわれたのだと知り、アルマンはわき上がる怒《いか》りと屈辱《くつじょく》を必死に押さえた。ここで顔色を変えるような失態は、彼の矜持《きょうじ》が許さない。

「偉大《いだい》なる陛下のお言葉です。まさかお戯《たわむ》れになっているなどと、考えるほうが不遜《ふそん》というものでしょう。

しかし、私もアルビオンの皇太子殿下《でんか》、ただお一人を生涯《しょうがい》の主と定めておりますれば、たとえご尊敬申し上げている陛下といえど、このお話、お戯れのお言葉であったにせよ、改めてご辞退させていただきます」

内心の嵐を巧《たく》みに隠し、うやうやしく頭を下げる。

「そうだな。余も、お前が二つ返事で家臣となることを承知したなら、すぐさま衛兵に始末させるつもりだった」

物騒《ぶっそう》なことをさらりと言う。

「忠臣を愛される陛下のお気持ちごもっともでございます」

「だが、お前は迷ったな。余とアルビオンの若造を一瞬天秤《いっしゅんてんびん》にかけたであろう?」

「そのような……」

「余は二心がある者も嫌《きら》いだが、ずる賢《がしこ》い狐《きつね》はもっと嫌いだ。

お前のその首と胴《どう》が今もつながっているのは、美しい進物のおかげだ。疾《と》く余の前を去れ。この国に居るあいだは、そのよく動く舌、あまり動かすでないぞ。自分の命が大事ならばな」

完敗だった。この国で不審《ふしん》な動きはするなと、釘《くぎ》までさされては。

謁見の間を出て扉《とびら》の外で待っていた白人宦官《かんがん》に再び先導されて歩きながら、アルマンは静かな燃え立つような怒りとともに、面白《おもしろ》いと唇《くちびる》を歪《ゆが》める。

まさか、東大陸のこんな国でかの親友を思い起こさせるような切れ者の男に出合うとは思わなかった。自分がこれほどまでに完敗したのも、かの親友以来、二人目だ。

そして、セシルはその男の手中にある。気に入ったというのは、あのスルタンの行状を考えると単なる悪ふざけや冗談《じょうだん》かもしれないが、しかし、一度自らのものとなった玩具《おもちゃ》をあっさり手放すような素直《すなお》な男には見えない。恋《こい》しい妻を助け出すためにやってきたオスカーとぶつかるようなことになったら……。

面白い！　まったく面白い！　いまやアルマンの胸には先ほどの屈辱による怒りはなく、遠い空の彼方《かなた》に見える暗雲を見て、いずれ来る嵐にわくわくする子供のような心持ちになっていた。

むろん嵐が来るからと部屋に閉じこもっているつもりもない。怖《こわ》い雷《かみなり》に首を落とされるかもしれないからと言って、こんな楽しい見せ物に参加しない手はないではないか？　ずぶ濡《ぬ》れになることを楽しむ子供のように。

子供というには、少々邪気《じゃき》が過ぎるような気がするが、稚気《ちき》だけは十分すぎるほど持っているアルマンだった。

そんな楽しい物思いに耽《ふけ》っていると、いきなり立ち止まった前の白人宦官にぶつかりそうになる。とっさに立ち止まると、その宦官に声をかけた同じ白人宦官が駆《か》け寄ってくる。アルマンを案内した宦官は、雲を突《つ》くような大男だが、やってきた宦官は逆に線が細く、一見少女のように優《やさ》しげだ。

だが、二人とも男だというのに、会話する声はきんきんと耳障《みみざわ》りなほどに甲高《かんだか》くしわがれている。それが、人工的に手を加えた男でも女でもない生き物の、不気味な歪《ゆが》みの音のように聞こえて、アルマンはこの国にやってきて初めて見た彼らをどうにも好きになれないと感じていた。

「皇后様がアルビオンの使者殿《どの》にお会いしたいと」

「皇后様が?」

アルマンの案内をしていた宦官は一瞬《いっしゅん》黙《だま》り込んだが、彼を振り返り「ここから先はこの者がご案内いたします」と、子供のように背が低い宦官に付いていくよう促《うなが》した。

アルマンとしては断る理由はない。うなずき「こちらです」と案内する、新たな宦官の後ろに再び従う。今度の白人宦官は、背が低いのを補うためか、やや小走りの足取りで先を行くが、アルマンが歩を速める必要はなかった。

宦官は宮殿《きゅうでん》の奥へ奥へと進んでいく。外国の大使との謁見や、パシャ達の政務が行われる表の宮殿とは違《ちが》い、廊下《ろうか》は狭《せま》く通路は複雑に曲がりくねっていて、まるで迷路のようだ。歴代のスルタンの中には、暗殺の恐怖に怯《おび》えるあまり寝室《しんしつ》を十も二十も作って毎日寝《ね》る場所を変えたという人物もいるから、この迷路のような宮殿はそのとき作られたものかもしれない。

通された小部屋には険しい表情をした女性が、黒い螺鈿《らでん》細工の椅子《いす》に座っていた。アルマンはうやうやしく胸に手を当て、西大陸風の礼をする。

「お初にお目にかかります。美しい方」

あえて、アルマンは皇太后の身分を口には出さなかった。アルマンの挨拶《あいさつ》に、婦人は重々しくうなずき。

「お心遣《こころづか》い感謝します、アルビオンの特使殿。ここは本来男子禁制のハレムの一画。妾《わたくし》がここにあなたを招いたことをファルザードが知れば、どんなとがめを受けるかわかりません。なにぶんにもこのことは内密に、良いですね？」

「もちろん、私はこの宮殿に迷い、天女のように美しい方にお会いしたような夢を見たと、それだけにございます」

「まあ、お上手ですこと、さすがは外国の大使殿はお口が上手でらっしゃる」

孔雀《くじゃく》の扇《おうぎ》で口元を隠《かく》し、ほほほ……と皇太后は笑い声をたてる。髪《かみ》を高く結《ゆ》い上げ、深い緑のエメラルドのような光沢《こうたく》を放つこちら風のドレスを身に纏《まと》い、首には真珠《しんじゅ》の首飾《くびかざ》りを付けた皇太后は、二人の大きな皇子を持つとは思えぬほど、まだ十分に美しかった。ただ、その薄《うす》い紗《しゃ》のベール越《ご》し、目尻《めじり》の皺《しわ》がかすかに目立ったが。

皇太后はアルマンの誉《ほ》め言葉に堅《かた》かった表情を緩《ゆる》め、言葉を続けた。

「時に、そなたが陛下に献上《けんじょう》した進物《ヘディエ》ですが、どのような素性《すじょう》の娘《むすめ》です?」

「私はただ奴隷《どれい》商人からあの娘を買い上げ、偉大なるスルタンに差し上げたのみ。それ以上はなにも……」

アルマンはおかしいと内心、首を傾《かし》げた。スルタンに献上された娘は、全てハレムに納められるのが決まり。管理する黒人宦官長の直接の主人である皇太后がなにも知らないのは、あまりにも不自然だ。

「陛下は娘に部屋をお与《あた》えになったと聞きましたが」

その言葉にアルマンの不審はますます深まる。

「失礼ながら、あの娘はハレムに納められていないのですか?」

その質問に皇太后は一瞬押し黙り、そして口を開いた。

「あの娘はドルマ・バフチェに居ます。部屋もそこに与えられているのでしょう」

なるほど、悪戯《いたずら》好きの悪童のように掟破《おきてやぶ》りをするあのスルタンらしい。それでは、ハレムの主である皇太后は、ないがしろにされたようで気に入らないだろう。

それにこの皇太后とファルザードの仲の悪さは聞いている。六年前の即位《そくい》のおりのごたごは未《いま》だ尾《お》を引いているだろうし、それ以前から親子の仲は険悪だったらしい。

たしかにこの神経質そうな夫人と、あのように破天荒《はてんこう》なスルタンでは、反《そ》りが合わなくて当然だ。親子であるだけに、思いのままにならない息子《むすこ》への、自分を愛してくれない母親への、隔意《かくい》と憎《にく》しみはいかばかりか。

これは、揺《ゆ》さぶってみる価値があるかもしれない。

「なるほど、スルタンにおかれてはあの娘を大変気に入ったとおっしゃいましたからな。そば近くに置いておきたくなるのも道理というものです」

眉間《みけん》に皺を寄せる皇太后の不興に気づいていながら、気づかぬふりをして、わざと陽気に笑い声をたてる。

「……それほどまでに、美しい娘なのですか？」

「私はスルタンのハレムは存じませんが、あれほどの美姫《びき》は西大陸中の宮廷《きゅうてい》を捜してもなかなかおりません。

黄金に輝《かがや》く蜂蜜《はちみつ》色の髪に処女雪の肌《はだ》。とくに表情がある灰色とも薄紫《うすむらさき》ともつかない瞳《ひとみ》が何とも言えない趣《おもむき》がある」

「金の髪に灰色の瞳ですって！」

皇太后はあきらかに驚《おどろ》き声をあげた。なにがそんなに彼女を動揺《どうよう》させたのか、アルマンにはわからなかったが。

「……その娘、特使殿がこの国にいらっしゃる以前から、すでに献上品として陛下の下《もと》に上がっていたのではありませんか?」

探《さぐ》るような目つきと口調で、問いかけてくる。

「いいえ、私がこのお国に来てから、奴隷市場で買った娘と申し上げましたが」

「隠さなくてもよろしいのですよ。妾《わたくし》は、陛下の実の母親であり、ハレムの女主人である皇太后です。陛下の妾《ジャリエ》が懐妊《かいにん》しているのならば、知っていなければなりません」

「懐妊! まさか!」

アルマンは腹の底からわき上がってくる笑いを必死に押さえた。あれが懐妊するなど、天地がひっくり返ってもありえない。それに、本物の女だとしても、まだ子供が身ごもったとわかるほどの、時間はたっていない。

「そのような噂《うわさ》がまことしやかに流れているのです! 陛下が突然《とつぜん》娘《むすめ》に部屋を与えたのは、娘が懐妊したからだと!」

皇太后は腹立たしげにそう言う。誰《だれ》がそんな噂を流したのかは知らないが、彼女がそれを快く思っていないのは確かだった。

帝国《ていこく》の跡継《あとつ》ぎかもしれない御子《みこ》を妾が身ごもった。本来なら、母親として孫の誕生を喜ぶべきところなのに、そんな雰囲気《ふんいき》はまるでない。むしろ、いずれやって来る災厄《さいやく》を恐《おそ》れているような強《こわ》ばった表情だ。

「繰《く》り返しますが、あの娘は私がこの国に来て、奴隷市場で買い上げたもの。それ以前、陛下へ献上した娘はございません。このこと、アルビオンの殿下《でんか》より頂いた黒鷲卿《くろわしきょう》の号にかけて、お誓《ちか》い申し上げます」

「そうですか、それほど堅くお誓いなさるなら、特使殿の言うことが真《まこと》のことなのでしょう」

皇太后はあきらかにホッとした顔つきになった。が、アルマンは「しかし……」と言葉を続ける。

「ただし、私は実際部屋を頂いた娘に会ったわけではございませんから、その娘が実際に私が献上した娘かどうかはわかりませぬ」

「部屋を頂いた娘と、特使殿の献上した娘が入れ替《か》わっているとおっしゃりたいのですか⁉」

「ふとした思いつきにございます。献上した娘がどうなったのか、我らには確かめるすべはございませんゆえ……確信もないのに美しい方の心を騒《さわ》がせるような戯《ざ》れ言《ごと》を申し上げましたこと、お許し下さい」

優雅《ゆうが》に腰《こし》を折りながら、上目遣《うわめづか》いにうかがった皇后の顔色は、元の蒼白《そうはく》……いやそれ以上に青ざめている。

「もし、そうだとしたらなにゆえ、陛下は娘を入れ替えたとお考えですか？」

「先ほどの噂が真実だとしたら、部屋を賜《たまわ》った娘の懐妊を隠すのが目的でございましょう。しかし、帝国のお世継《よつ》ぎが生まれるかもしれない慶事《けいじ》、なにゆえお隠しになられるのか、私には理解しかねますが……」

自分が吹《ふ》き込んだ毒が皇太后の中で疑心暗鬼《ぎしんあんき》の芽となって頭をもたげたことに、アルマンは密《ひそ》かにほくそ笑《え》みながら、うやうやしく返答する。

「やはり、娘は懐妊していると、特使殿《どの》は思われるのですか？」

「さあ、あくまで憶測《おくそく》に過ぎません。私が献上したのは金の髪に灰色の瞳の娘。ですが、そのような娘は西大陸に行けば、それこそごまんとおりますからな。このナセルダランに奴隷として連れてこられる娘の中にも、たまたま同じような髪の色と瞳の色の娘がおり、先に献上した者がいるかもしれませぬ。

しかし、全ては想像。真実はおそらく私が献上した娘を陛下がお気に入りになり、部屋を与えられたのでしょう」

「ですが……」

「たとえそのような娘がいたとしても、懐妊したとなれば申し上げたとおり、喜ばしきこと。陛下があなた様にお隠しになる理由などございません。むしろ、国の内外に発表し、慶賀《けいが》とすべきことでしょう」

「………」

一旦《いったん》自らの手で燃え上がらせた疑惑《ぎわく》を否定する。された人間はだからこそ逆に反発し、自らの確信が正しいと思い込むものだ。アルマンの理詰《りづ》めの言葉に、押し黙りながらも皇太后の顔はどこか不満げであった。

6

キジル・エルマの港に降り立ったオスカーは、まずその日差しの眩《まぶ》しさに目を細めた。

アンジェの、石を積み上げた家とは明らかに違《ちが》う、白い漆喰《しっくい》の町並みの、その照り返しが眩しい。太陽そのものの眩しさ。空の色、海の色も違う。

なにより、異国の地に来たのだと思い知らされるのは、狭《せま》い海峡《かいきょう》を挟《はさ》んで対岸にある街の中心に輝く、ドーム型の黄金の神殿《しんでん》。この街の象徴《しょうちょう》。

街を行き交《か》う人々の服装や肌の色も違う。男は頭にターバンを巻き、女の姿は滅多《めった》に見ることはない。女がいたとしても、布をすっぽりと頭から被《かぶ》り、目だけを覗《のぞ》かせ、その顔は見ることができない。

――こんな異国の地でセシルはさぞ……。

心細い思いを……そう考えて、あのお転婆《てんば》がそれぐらいでへこたれるか！　と思い直した。だいたい、あれは思わぬところで抜《ぬ》けている。怪盗《かいとう》などという商売？をしていたクセに、人さらいにさらわれるなど。

「さらった娘《むすめ》をどこにやった?」

カンパラーラの場末の酒場。娼婦《しょうふ》達に囲まれ酒を飲んでいた男に、オスカーはいきなり抜いた剣《けん》を突《つ》きつける。女達は悲鳴を上げてちりぢりとなり、男も座っていた樽《たる》の椅子《いす》をひっくり返して逃《に》げようとしたが、オスカーの長い足に引っかけられてすっころぶ。

その鼻先に再度剣を突きつける。その切っ先よりも鋭《するど》い眼光で『動けば斬《き》る』と無言の威嚇《いかく》をして、再度繰り返す。

「さらった娘をどこへやった? 金の髪《かみ》に灰色の瞳の娘だ」

「し、知らねぇな……」

男がそれでもとぼけたのは、目の前の男より取引している奴隷《どれい》の仲買人達が怖《こわ》かったからだ。自分のこれからの生活もある。

しかし、オスカーもそれで諦《あきら》めるほど甘くはない。彼は突きつけた剣を一閃《いっせん》させると、再び男の顔にその切っ先を戻《もど》す。

男は初め、なにが起こったのかわからなかったが、自分の首を伝う汗《あせ》とは違うなにかを感じて、そこに手をやり悲鳴を上げた。いや、悲鳴を上げようとしたが恐怖《きょうふ》のあまり喉《のど》が凍《こお》り付き、その声は出なかったが。

見た手のひらは自分の血で真っ赤に染まっていた。

「次は本気でその喉笛を斬り裂《さ》くぞ」

喉の薄皮《うすかわ》一枚だけを斬り裂いたとんでもない妙技《みょうぎ》だが、一歩手元が狂《くる》えばその気が無くても殺されていたかもしれないわけで、男は脂汗《あぶらあせ》をたらたら流しながら、ガクガクと震《ふる》える。

「お前が道化姿で娘達を誘《さそ》い、どこかへ売りつけているという話は聞いているのだ」

「…………」

「言わなければこのまま斬るぞ。多少手間がかかるが、お前が誰と取引をしていたか調べれば良いことだ」

オスカーは内心で舌打ちしていた。その〝手間〟さえ惜《お》しんで、こんな乱暴な手段を選んだのだから。

「お待ち下され」

腰の曲がったジプシーの老婆《ろうば》が、杖《つえ》をつきながらひょこひょことオスカーの前にやってきた。

「孫が大変なことをしでかしたようで、お許し下され」

「詫《わ》びなどいらぬ。娘をどこにやったか、その男から聞き出せれば良いだけだ」

「ならば、正直にお話し申せば、この者の罪、お許し下さるので？」

「許すも許さないもない。娘をどこにやったか知りたいだけだ」

「では、この婆《ばば》が代わりに申し上げましょう。それで許して下さりますな？」

「お前が知っているならばな」

「婆さん！　しゃべったりしたら今後の商売が続かねぇ。それどころか、奴《やつ》らに……」

「まあ、ここいらが潮時だよ。いつまでも続けられることじゃない」

止めようとする孫――かどうかは知らないが――を振《ふ》り返り老婆はそう応《こた》え。

「お祭しのとおりあの娘さんは、奴隷商人に引き渡《わた》しました。今頃《いまごろ》は船に乗せられて別のお国へ」

間に合わなかったかとオスカーは舌打ちし。

「どこの国か知っているか？」

「へえ、ナセルダランで」

「ナセルダランだと！」

思わず声を上げる。西大陸ならばともかく、東大陸のあの国に送られるなど……。

「早く追いかけなされたほうがよろしゅうございます。あのご器量ですからな、スルタンのハレムなどに入れられでもしたら、二度とお会いできなくなりますぞ」

「……言われなくとも追いかける！」

荒々《あらあら》しい足取りで、オスカーは酒場をあとにした。

飛び乗ったナセルダラン行きの商船の上で、あの老婆にまんまと乗せられたことに気づいた。

セシルの行く先を知っていたということは、あの老婆も人身売買に荷担《かたん》していたということだ。アキテーヌの宰相《さいしょう》ともあろうものが、あの孫？のみならず、老婆をも見逃《みのが》したことになる。

他国のことだから介入《かいにゅう》はできないが、それでも役人に突き出せば……いや、きっと思いつつたとしてもその手間も自分は惜しんだだろう。

カモメがうるさいほどに飛び交うキジル・エルマの港。大型の帆船《はんせん》が止まる桟橋《さんばし》は石造りだが、対岸の街へ渡るための小舟《こぶね》や漁船が止まる場所は、木造のそれだ。

その途中《とちゅう》に、同じ木造の建物がいくつもあった。奴隷市場だ。船から陸揚《りくあ》げされた奴隷達は、あの小屋に集められ売りさばかれる。

「一軒一軒当たるしかないな。行くぞ」

自分の後ろに付き従ってきた、小山のような影《かげ》に話しかける。ピネの巨体《きょたい》はこのキジル・エルマでも珍《めずら》しいらしく、時折すれ違う人が驚《おどろ》いたように振り返る時もある。

――あれが大人しく、売られるとは思えないが……。

しかし、逃げ出した奴隷の行方《ゆくえ》は厳しく探索《たんさく》されるはずだ。奴隷はこの国の根幹を成す要素の一つである。裕福《ゆうふく》でなくとも、ごく普通《ふつう》の家庭であれば下働きの奴隷一人程度は抱《かか》えている。

それよりなにより、この国の政《まつりごと》そのものがその奴隷によって動かされているのだ。ハレムの女奴隷達、白人、黒人を含《ふく》めた宦官《かんがん》。そしてパシャ達までもが、奴隷あがりの者が多い。多くはスルタンの小姓《こしょう》として買われ、宮廷《きゅうてい》で英才教育を受け育っていく。

そうして、血族に縛《しば》られずスルタンただ一人に忠誠を誓《ちか》う側近達が育ってきたのだ。これこそが、百年前西大陸を震え上がらせた悪魔《あくま》の軍団の秘密だ。皇室に次ぐ、第二、第三の貴族を作らず、一代限りの奴隷達を帝国《ていこく》の歯車とすることによって、スルタンただ一人に権力を集中させる。

しかし、それもここ最近のハレムの支配、女人政治で弱まってきていると聞く。ハレムと同時に帝国の支配者となった皇太后は、生まれた自分の娘である姫《ひめ》を、有望なパシャ達に嫁《とつ》がせ血族関係を結んできた。また、そうして生まれたパシャの息子も、また次の皇太后の娘を娶《めと》り……と、代々パシャという家も多くなってきているらしい。

しかしそれでも、奴隷はこの国の重要な働き手であることは間違いない。脱走《だっそう》奴隷の行方は厳しく探索され、さすがのセシルでもこの国からの脱出《だっしゅつ》は……。

ましてここは西大陸ではない。東大陸だ。

それは同時に、オスカーの力も及《およ》ばぬ地域であることを示していた。西大陸では通じるアキテーヌの威光《いこう》も、ここでは通じぬだろう。ここは百年前、ヴィストを包囲した悪魔の王…スルタンの都だ。

——セシル、今、どこでどうしている？

西大陸とは違う、南方の抜けるような青空をオスカーは見上げた。

その頃、セシルは、テラスに出された長椅子に足を投げ出して座り、好物となったレモンのシェルベットをすすりながら、すっかりくつろいでいた。

金に輝く蜂蜜色の髪には、白い紗《しゃ》の帽子《ぼうし》を被り、極楽鳥《ごくらくちょう》の羽飾《はねかざ》りがふわふわと海風に揺《ゆ》れている。床《ゆか》を引きずるガウンのようなレースのドレスを身に纏《まと》い、投げ出した足を包むのは帽子と同じ紗の素材のパンタロン。肌《はだ》の色が危《あや》うく透《す》けて細くしなやかな足の形が見えている。その足首にも手首にも、細い銀の輪の飾《かざ》りが三本、動きのたびにしゃらしゃら涼《すず》やかな音を立てる。

足の爪《つめ》も、優雅《ゆうが》にシェルベットの銀製の器《うつわ》を持つ手先も、ヘンナという顔料で赤く染められていた。この国の淑女《しゅくじょ》のたしなみである。

庭園の向こうには、海峡《かいきょう》に挟《はさ》まれた深い青が広がる。流れが速いといわれる海は、表面だけみると小さな波が立つだけの穏《おだ》やかな表情を見せている。濃《こ》い青の色がなんとも美しい。時折、群れから離《はな》れたカモメが、花が揺れる庭に挨拶《あいさつ》するように、ふわりと風にのって横切っていく。

この宮殿《きゅうでん》からの眺《なが》めも素晴《すば》らしいが、海の上に浮《う》かぶ宮殿を外から見たら、どれほど美しいだろう……。浮かんだ考えに心をときめかせたセシルだが、すぐに顔を曇《くも》らせてつぶやいた。

「つまらないわ……」

「あわわ、姫様がご不興とは！　こりゃ一大事！」

きんきんと甲高《かんだか》い声。本当にお国の大事とばかりに、ちんまり小さい姿が目の前で跳《は》ね、右往左往する。白人宦官のアシュガルだ。その大きさと重みで前に転んでしまうのではないか？　と思われるほど不自然に大きなターバンに、女性のような花柄《はながら》の衣装《いしょう》を纏ったなりは、見るだけでおかしい。

初めはその老人のような顔と不釣《ふつ》り合いな小さな姿に、奇異《きい》な感覚を抱《いだ》いていたセシルだったが、この男のおどけた仕草や、楽しい言い回しに笑ううちに、すっかりうち解けていた。

「なにが姫様の心をそんなにお気鬱《きうつ》にさせているので？　このアシュガルめに、お話しくださいませんか？」

「では、訊《き》くけれど、ファルザード様は本当にわたくしのことを愛《いと》おしく思っていらっしゃるのかしら？」

セシルの質問が意外だったのだろう。アシュガルは皺《しわ》に埋《う》もれた小さな目を大きく見開く。

「なにをおっしゃられます！　ギュルバハル様は、陛下の側室《オダリスク》の中でも一番のお気に入りのハセキ様でらっしゃいますぞ！」

ハセキとは、後宮でスルタンの一番の寵愛《ちょうあい》を受けたオダリスクに贈《おく》られる称号《しょうごう》だと聞いてはいるが、セシルにはどうもその実感はわかない。

「でも、ファルザード様にお目にかかったのは、憶《おぼ》えているので二回きりよ」

そう、あの刺客《しかく》に襲《おそ》われた時と、その翌朝に林檎《りんご》の話をしたのと二回きりなのだ。

あれ以来、一度も会っていない。

「この頃は御政務にお忙《いそが》しいのでございますよ」

「でも、わたくしは……」

『記憶《きおく》さえないのに』そう言いかけて口を閉じる。病気だからといって国務に勤《いそ》しむファルザードの邪魔《じゃま》をするのは、とても不謹慎《ふきんしん》に思えたし、それに自分は記憶が無いからといって、今のところ不安はない。

たしかに、最初の二、三日は不安だった。見知らぬ世界。見知らぬ人々。だが、とりあえず寝《ね》るところもあり、飢《う》えることもない。路頭に迷うこともないようだとわかると、安堵《あんど》感とともに開き直った。

今まで生きてきた記憶を失ったことはたしかに大変だが、しかし思い出そうとして簡単に思い出せるものではなさそうだし、くよくよしても仕方ない。そのうち思い出すだろうと。

それに、ここで暮らしていたという周りの言葉どおり、たしかに宮廷暮らしに慣れないとか、なじめないということはない。ベールの事件でとんでもないお転婆《てんば》だと思われたのか、その日のうちに行儀《ぎょうぎ》見習いの先生役の女官長がやってきた。が、その彼女が『話にきいた姫君とは違《ちが》う』と、目を丸くするほど、セシルはしとやかに振《ふ》る舞《ま》うこともできたし、生まれながらの姫君のような言葉遣いで話すこともできた。たとえ本来の自分の姿が、ファルザードに話しかけたような市井《しせい》の少年のごとき振る舞い、話し方であると思ってはいてもだ。

ずっと淑女のように振る舞うことも苦痛ではない。常時猫《ねこ》を被《かぶ》っていて肩《かた》が凝《こ》るなんてこともだ。

しかし……。

「要するにお退屈《たいくつ》なのですな。ハセキ様は」

アシュガルの言葉がずばり言い当てていた。きっと、記憶のあるセシルならばこう言っただろう。

『宮廷暮らしは三日で飽《あ》きる』と。

なにもわからないセシルでも、周りの人々の態度や口振《くちぶ》りから、スルタンの愛妾《あいしょう》という立場がどんなに名誉《めいよ》なことか、そして今の暮らしが大変結構なものであることは、良くわかっていた。綺麗《きれい》なドレスに宝石。侍女《じじょ》に傅《かしず》かれ、いま飲んでいる冷たいシェルベットにしても、高山の万年雪を切り出し氷室《ひむろ》に移す手間暇《てまひま》は大変なものだし、シロップに使われている白砂糖にしても、とても庶民《しょみん》には口にできないものだ。

しかし、所詮《しょせん》それだけのものだ。甘いお菓子《かし》も宝石も衣装も、慣れてしまえば飽きが来る。貪欲《どんよく》に新しいもの、新しいものと求める者もいるが、セシルにはあいにくそういう物欲は生来ない。彼の母ならば、また別だが。

そしてここには、本来の彼が求める一番のものがない。

「どうしても、外へ出ては駄目《だめ》なのかしら？」

そのセシルの言葉に、そばに控《ひか》えていた侍女達もアシュガルも『またか……』という顔をする。セシルにはこの城の外に出るどころか、自分の部屋とそこから見えるテラスの庭、それだけしか行動が許されていないのだ。

しかも質《たち》が悪いことに、周りの人々にはセシルを閉じこめているという意識はない。高貴な姫君はそうするのが当たり前という感覚なのだ。

「逃《に》げたりはしないわ」

「そういう問題ではありません」

アシュガルが珍しくしかめつらしい顔で首を振る。

「それだけは、どれだけファルザード様がハセキ様を愛していようとも、とうてい叶《かな》わぬことです。

高貴な婦人は屋敷《やしき》の奥でお暮らしになり、外へはめったにお出にはならぬのが習わし。まして姫《ひめ》様は、この国のスルタンの寵愛を一身に受けるハセキ様にございます。たとえ厚いベール越《ご》しといえど、卑賤《ひせん》な男共の目に触《ふ》れようものならとんでもないことになりましょう」

「とんでもないこととは？」

「その男共を処刑《しょけい》せねばなりません」

「そんな……！」

「スルタンの寵姫《ちょうき》を見たのです。当然のむくいです」

「………」

『そんなの間違っている！』と叫《さけ》びたかったが飲み込んだ。以前の自分はそれを当たり前として、暮らしてきたのだ。いや、本当に自分はこんな窮屈《きゅうくつ》な暮らしに我慢《がまん》できていたのだろうか？　たしかに傍目《はため》からみればなに不自由ない暮らし。しかしセシルにとってはなんのありがたみもない。記憶が戻《もど》ったなら、今すぐ飛び出してしまいたいぐらいだ。

それでも……あのファルザードを本当に愛し、頼《たの》みとしていたのなら、そばに留《とど》まり続けたわけもわかるのだ。しかし、今のセシルにはその実感もわかない。うっすらと妙《みょう》な懐《なつ》かしさというか、好感はある。だがそれは愛情ではないような気がする。

本当に俺は、あの人を愛していたのだろうか？

結局、どうどう巡《めぐ》りの考えはそこに行き着いてしまう。

セシルが黙《だま》り込んでしまったのを気遣《きづか》ってだろう、アシュガルが陽気な声を張り上げた。

「外にお出しすることは叶いませんが、そのかわり私めが珍《めずら》しい異国の話でも致《いた》しましょうかな。

シェナの姫君と草原の戦士の悲恋《ひれん》の物語など……」

「それは昨日聞きました」

「では、南海の島の王宮で繰《く》り広げられた不思議な物語など」

「それも聞きました」

「ならば、姫様と同じ西大陸の生まれでありながら、このキジル・エルマで土となった商人ダツハークが、シェナよりもさらに東、最果ての海に浮かぶ黄金の桃源郷《とうげんきょう》に行った話など」

「それも聞いたわ。ついでに、暗黒大陸の恐《おそ》ろしい首狩《くびか》り族の話に、パガンの密林に棲《す》むというしゃべる猿《さる》の話も」

「ではでは、砂漠《さばく》の砂に消えた幻《まぼろし》の王国の話などいかがですか？　かの国の最後の王妃《おうひ》にして、伝説の舞姫《まいひめ》の話など……」

「いいわ。どうせ、その砂漠の国の遺跡《いせき》も、しゃべる猿も、シェナの国だって、この目で見ることはできないでしょうから」

幾《いく》ら話を聞いても、自分はここに閉じこめられて直接見ることなど叶わないのだ。意味はない。

「姫様……」

困った顔をするアシュガルにセシルは微笑《びしょう》し。

「では、あなたの生まれた国のことを聞かせて欲しいわ」

アシュガルはセシルが……それが真実の名だと思いこんでいるギュルバハルと同じ地方の出身だと聞いている。北のルーシーの辺境。馬賊《ばぞく》にさらわれてきたのか、それとも人買いの商人に両親が、まだ子供だったアシュガルを売り渡《わた》したのか。貧しい辺境の村では、ルーシーの国法で奴隷《どれい》商法が禁じられてなお、口減らしのために子供を売り渡す親が絶えない。

「ルーシーの話でございますか？　なにぶん、幼い頃《ころ》の思い出でございますからな」

「少しでいいわ。どんなところだったのか、人々はどんな暮らしをしていたのか。聞けばなにか思い出すかもしれないから」

椅子《いす》から身を乗り出して「ね？」とせがむセシルに、アシュガルもうなずいた。

侍女に運ばせた冷たいシルベットを、二人ですすりながらアシュガルの話に耳を傾《かたむ》ける。

「ルーシーのことで憶えていることといえば、まず雪ですな。あれはなにもかもを白く閉じこめてしまう。大地も家も畑も全て。食べ物の乏《とぼ》しい冬は、人も動物も堪《た》え忍《しの》ばねばならぬ季節です。

しかし、その雪も悪いことばかりではない。この冷たいシェルベットに使う氷は、ここから離《はな》れた山脈の山頂に降る雪を切り出し氷室に保管して、いつでも楽しめるようにしてあるものです」

「レモンのシェルベットは私も好物でしてな」アシュガルは上機嫌《じょうきげん》で一口それをすると、再び口を開く。

「待ちに待った春は夏といっしょにやってきます。凍《こご》えていた水は溶《と》け、緑は一斉《いっせい》にその輝《かがや》きを取り戻す。春の花と夏の花が同時に咲《さ》いて、そりゃもう天上の国のように美しい光景です。

秋になれば作物は実り、林檎《りんご》の木が一斉に赤い実をつける。その頃に私の村では、林檎祭が開かれました」

「どんなお祭りなの？」

「男も女もこの日のためにみんな着飾《きかざ》って、ご馳走《ちそう》を食べて飲んで、そして輪になって踊《おど》るのです。娘《むすめ》達の明るい笑い声と、白いエプロンに赤いスカートが翻《ひるがえ》る様は、目を閉じると今でも思い出すことができます。

歌もありましてな。こんな風です」

アシュガルは立ち上がり歌い始めた。

赤い赤い赤い林檎を
あなたへあげましょう
燃える赤い色は
あなたが大好きな私の心
あなたへの愛の証《あかし》

歌と共に軽快な足さばきで踊るアシュガルにつられて、セシルも立ち上がり見よう見まねでステップを踏《ふ》む。

「お上手ですな！　ギュルバハル様」

「そう？」

甘い甘い甘い林檎を
二人で食べましょう
甘い蜜《みつ》の味は
互《たが》いを大好きな恋人《こいびと》達の心
二人の愛の証

「あの歌は？」

イェニサライから戻ってきたファルザードは、明るい歌声に誘《さそ》われるように足早にそちらへと向かう。従者のダネルもあとに従った。

そこにはギュルバハルと戯《たわむ》れに名付けた少女？の部屋がある。

ここ数日避《さ》けていた場所だ。今も行かないほうが良いことぐらい頭ではわかっている。

だが、心が歌にひかれた。

テラスへと出たファルザードは、踊るアシュガルとセシルの姿を予想していながら、目を見開く。

『本当はスカートとエプロンをつけて踊るのが正式なの』そう言って、スカート代わりに裾《すそ》の長い薄物《うすもの》の上着をひるがえし、楽しそうに踊っていた少女。

アシュガルとくるくる回りながら笑うセシルに、その面影《おもかげ》が重なる。

ファルザードが来たことに気づいたセシルが、こちらに向かい白い手を差し出す。

「ファルザード様も一緒《いっしょ》に踊りましょう！」

それはかつての少女が言ったのと同じ言葉。

『見ているだけじゃつまらないわ。一緒に踊りましょう！』

その白い手を引き寄せて、思わず抱《だ》きしめていた。

「ちょっ……踊れない……」

あり得もしない奇跡《きせき》を思う。

「戻《もど》ってきてくれたのか？　ギュルバハル……」

その言葉にセシルが首を傾《かし》げる。

「戻ってきたって……？　わたくしはずっとファルザード様とご一緒だったはずですけど……」

「ああ、そうだな」とファルザードは苦笑《くしょう》し。

「たしかにお前は、余と共にいた。いつもな」

「踊りましょう！」

手を取り合って、子供のように笑い声をあげながら踊るファルザードを、懐《なつ》かしそうに見ていたダネルの横に、そっとアシュガルがやってきて話しかける。

「あんなに楽しそうな陛下のお顔は、久しぶりに拝見いたしましたな」

「ええ」とダネルはうなずいた。彼にとっても懐かしい少女。当時はまだ皇太子だったファルザードの従者として、彼と彼女のそばにいた。

あの頃のファルザードはまだ心から無邪気《むじゃき》に笑える少年で、その横であの少女も笑っていた。

「ああ」

7

ファルザードが毎日のようにセシルの部屋を訪ねてくるようになった。

なんの用があるというわけではない。ただセシルを相手にとりとめもない話をするだけだ。

それだけでも、単調な生活に飽《あ》きていたセシルには慰《なぐさ》めになったし、侍女《じじょ》達にも華《はな》やぎが生まれた。

ただ、彼女たちには一つ不満があるようで、それは夜、どれだけ話が弾《はず》み深酒をしても、ファルザードが帰ってしまうことらしい。

そのため、寝台《しんだい》に花をかざり、麝香《じゃこう》を焚《た》くなど努力しているらしいが。

「なぜ？　ファルザード様には別に立派な御寝所《ごしんじょ》があるのだもの。そこでお休みになるのが当たり前だわ。

ここにはわたくしの寝台しかないのだし」

記憶《きおく》があるセシルならこんなわかりきったことを不思議がったりしないのだが、今のセシルはなにもかも忘れて、ある意味子供同然である。不思議そうに首を傾げるセシルに侍女頭は深く深くため息をつき。

「ハセキ様がそのように無邪気でらっしゃるから、陛下がまだ早いとご遠慮《えんりよ》なされて、ご一緒にお休みになれないのです」

そう決めつける。セシルはますます、わからないと目を丸くし、指図をするだけの侍女頭《がしら》と違《ちが》って、直接セシルの世話をして秘密を知っている侍女達は、こっそり顔を見合わせた。

そんなある日、騒《さわ》ぎが起こった。ここ連日のように訪ねてきていたファルザードが、その日はなぜかやって来ず、今日の訪問はないだろうと諦《あきら》めた夜のことである。

聞こえた悲鳴に反射的に身体《からだ》が動いていた。アシュガルが「姫《ひめ》様！」と止めるのにも構わず、侍女達の部屋に駆《か》けつける。本来なら、部屋の前で誰《だれ》かに止められていたはずなのだが、誰も止める者はいない。

その役目の口やかましい侍女頭も、世話係の侍女達もみな青ざめて部屋にそろっていた。その中心にファルザードがいる。相変わらず上半身は裸《はだか》同然、奔放《ほんぽう》に伸《の》ばしたままの銀の髪《かみ》、なめし革のような浅黒い肌《はだ》に、たくましい筋骨、長身と、居るだけで、そこにいる人々に威圧《いあつ》感を与《あた》えるに十分だ。

そのうえ、今夜は触《ふ》れれば火傷《やけど》するような灼熱《しゃくねつ》の怒気《どき》をまとっていた。吹《ふ》き荒《あ》れる見えぬ烈《れつ》風《ぷう》に、人々は怯《おび》え震《ふる》えている。そして、その一番の直撃《ちょくげき》を食《く》らっているのは、ファルザードの足下にうずくまり、床《ゆか》に両手をついている小さな娘だ。

「申し訳ありません……申し訳ありません」彼女は震える小さな声で何回も繰《く》り返していた。

ファルザードが、横に立つダネルに目配せする。彼は無言でうなずきいつもの二刀流ではなく、片方だけの曲刀を抜《ぬ》いて侍女に振《ふ》り下ろそうとした。

「お待ち下さい！」

飛び出したセシルは侍女を背にかばい、ダネルとの間に割って入る。ダネルが慌《あわ》てて剣《けん》をひいたが、その切っ先がセシルの白い額すれすれでとまり、侍女達の悲鳴が再び一斉《いっせい》にわき起こる。

「お前が口出しすることではない」

ファルザードが険しい顔をいっそう険しくする。

「これはわたくしの侍女です。申し開きも聞かずいきなり御《ご》処分とは、一体どういうことなのですか？」

「事情など聞く必要はない。スルタンの暗殺に関与《かんよ》したのだ。反逆罪は全《すべ》て極刑《きょっけい》と決まっている」

「暗殺⁉　証拠《しょうこ》があるのですか⁉」

侍女達の中でもとびきり大人しいこの娘《むすめ》に、そんな大それたことができたのか⁉　とさすがにセシルも驚《おどろ》いた。もっとも、顔色が優《すぐ》れずおどおどしていたのは、おのが罪状がいつばれるのかと、日々不安だったせいもあるのだが。

「証言ならある。厨《くりや》の下働きをしている男だ。そこの娘に酒と金をつかまされて、あの日、食料を運び込む水門の通用口を開けておいたと白状した。

娘が男と会うと、下男は思いこんでいたようだがな。間男どころか、暗殺者をそこから招き入れたのだ」

「その下働きの男はまさか……！」

すでにもう先に手討ちになってしまったのだろうか？　と青ざめるセシルに「鞭打《むちう》ちの上で城から放り出した」と、ファルザードが吐《は》き捨《す》てるように言う。とりあえず、その下働きの男の命はあるようだと、ほっと息をついた。

「次は、その侍女だ。そこをどけギュルバハル」

「お断りします！　繰り返しますが、申し開きも聞かずに処罰《しょばつ》するとはひどすぎます！」

そう言い、背にかばっていた娘を振り返り「あなた一人でできることではありません。誰かから指図を受けたのでしょう?」と問いかける。

ファルザードを前にしてすっかり死ぬつもりだった娘ではあったが、セシルにかばわれて生への執着《しゅうちゃく》が芽生えたらしい。その質問に飛びつくように答える。

「はい! わたくしは皇太后様のお指し図で! 男達を案内するだけで良いと」

「皇太后様が!?」

セシルにとっては意外すぎる犯人に息を飲む。ファルザードの母親がどうして、彼の命を狙《ねら》うのか。

「あの方は恐《おそ》ろしいお方です。お断りなどしたら、わたくしの身柄《みがら》はその場で黒人宦官達の手によって海峡《かいきょう》に沈《しず》められたでしょう」そう訴《うった》え泣く侍女の姿に、ファルザードが舌打ちする。

セシル以外の者達にとっては、皇太后とファルザードの軋轢《あつれき》は周知の事実とはいえ、言葉となって出た事実に、みな青ざめている。

ファルザードは、まさかセシルごと侍女を斬《き》るわけにもいかず立ち往生しているダネルの手から剣を奪《うば》い取ると、セシルの白い面《おもて》にその切っ先を突《つ》きつけた。

「もう一度言う。そこをどけ。どかねば、お前を斬ってから後ろの娘を斬るぞ」

見ている者達が息詰《いきづ》まるほどの緊張《きんちょう》の中、しかし、セシルはたじろぐことなく真っ直《す》ぐファルザードを見、口を開こうとした。

「まあまあ、陛下。そのような怖《こわ》いお顔をなさり物騒《ぶっそう》なものをハセキ様に突きつけずとも、ハセキ様もお控《ひか》えになって……」

この場をなんとか和《なご》ませようとしてだろう。アシュガルがちょこちょこと寄ってくる。お調子者に見えるが利口者でもあるこの白人宦官《かんがん》が、このような口出しをしたことはかつて一度もなかった。それをよく知るダネルも、意外だという顔になる。

しかしその行為《こうい》は、ファルザードの気持ちを逆なでしただけの結果に終わった。

「道化ふぜいがよけいな出しゃばりをするな！」

蹴《け》り上げられたアシュガルの小さな身体は、鞠《まり》のように跳《と》んで壁《かべ》に叩《たた》きつけられた。またも侍女達の悲鳴があがり、気を失って床で目を回している彼に数人が駆け寄る。

「ギュルバハル、そこをどけ」

「嫌《いや》です！」

今すぐ、アシュガルの下《もと》に駆け寄りたい衝動《しょうどう》を抑《おさ》えて叫《さけ》ぶ。今は背にかばった侍女の命をなんとしても助けなければならない。

セシルは猛烈《もうれつ》に腹を立てていた。ファルザードが悪魔《あくま》のような形相で抜き身の剣を自分に向けていようと、はなから恐怖《きょうふ》など感じてはいなかったが、こうなったらてこでもここを動かないつもりだった。

「理由も訊《き》かずに問答無用で剣を振るうとは、とても大ナセルダランのスルタンとは思えません！　まるで、野蛮人《やばんじん》の暴君のようではないですか！」

「なんだと！」

これには罵倒《ばとう》されたファルザードより、周りの反応のほうが強烈《きょうれつ》だった。侍女頭は顔から血の気を失ってよろめき侍女達に支えられ、そばにいるダネルも茫然自失《ぼうぜんじしつ》となっている。

かつて、ファルザードにこれほどまでに直截《ちょくさい》な物言いをした命知らずなどいただろうか？　いや、いない。

「よくも……よくも、余を野蛮人呼ばわりなどしたな」

ファルザードの鉛色《なまりいろ》の瞳《ひとみ》が白熱の怒《いか》りに燃えている。普通《ふつう》の者ならまず正視できないが、セシルの灰色の瞳は真っ直ぐそれを見つめ返す。その手に握《にぎ》られ、自分に向けられた剣も。

しかし、一瞬《いっしゅん》だけ視線をはずし、ちらりと横にひかえるダネルを見る。その腰《こし》には、抜かれていないもう片方の剣がある。

黙《だま》って斬られるつもりなどセシルにはなかった。もし、ファルザードが剣を振り下ろすようなことがあれば、あれを奪い、受けて……いや自分の力ではこの美丈夫《びじょうふ》の斬激《ざんげき》を受け止めきれないかもしれないが。

それならばそれで、言いたいだけのことは言ったほうが良い。

「この娘は道具として使われたに過ぎません。断れば己《おのれ》の死が待っている。選択《せんたく》の余地などありません。

「それでもなおこの娘を反逆者としてお斬りになるなら、まず、この陰謀を企んだ者を処罰するべきではないのですか⁉」

侍女頭《じじよがしら》はとうとう気を失って、口から泡を吹かんばかりとなり、他《ほか》の侍女達やダネルも同様。

セシルの言葉を直訳すれば、皇太后を処刑《しよけい》しろと言っているのも同然だ。

さすがのファルザードも低いうなり声をあげたが、唐突《とうとつ》に剣をおろすと笑い始めた。

なにが起こったのか。周りを囲む者達もセシルも目を丸くして、ファルザードを見る。

「まったく、門番の戯言《たわごと》など本気にするものではないな。侍女も錯乱《さくらん》して、憶えのない暗殺者の手引きをやったと証言し、その黒幕に考えられぬ名をあげる。あげく、わたくしの可愛《かわい》い侍女を殺す気か！　と愛妾《あいしょう》には罵《ののし》られる」

どうやらファルザードはこの場を、問いつめられた娘が恐怖のあまり、あることないこと口走った、単なる狂言《きようげん》として収めるつもりらしい。

しかし、苛烈《かれつ》なスルタンがこのような穏《おだ》やかなやり方で事を収めるなど、今までなかったことだ。セシル以外の誰《だれ》もが、天地がひっくり返ったような珍事《ちんじ》のごとくファルザードを凝視《ぎようし》し、動けないでいる。

その人々をファルザードはゆったりと見渡《みわた》し。

「皆《みな》も、侍女が錯乱して述べたことだ。万が一にでも本気にして余所《よそ》に話すではないぞ。すぐに忘れることだ」

と釘《くぎ》をさした。口元に微笑《びしょう》を浮《う》かべてはいるが、その目は鋭《するど》いままだ。

どうやら助かったらしいと息を吐《つ》いて、セシルはずっと気になっていた人の下に駆《か》け寄った。

「アシュガル！　大丈夫《だいじょうぶ》!?」

目を回していたアシュガルは侍女の一人に抱《だ》き起こされて、意識は取り戻《もど》していた。

「大丈夫でございますよ、姫《ひめ》様。このアシュガル、小さいなりでも、見かけとは反対に丈夫でしてな。ほれ、このとおり」

立ち上がり、踊《おど》ろうとする。すぐにふらついて、また侍女の手に支えられたが、この元気なら大丈夫だろう。

ふわりと身体《からだ》が浮く。気が付くと、セシルはファルザードの肩《かた》の上に担《かつ》ぎ上げられていた。

「お前のお仕置きがまだだったな」

「わたくしはなにも！」

「お転婆《てんば》にはしっかりと躾《しつけ》を施《ほどこ》さねばならぬ」

「寝台《しんだい》の中でな……」低い美声で耳元に囁《ささや》かれ、セシルは赤くなる。

「離《はな》してくださいませ！」

「こら！　暴れるな！」

その抵抗《ていこう》をものともせず、大股《おおまた》に歩くファルザードが部屋を出たところで、ふいに肩の上で暴れていたセシルが動きを止めた。

「どうした？」

「ううん…なんでもない……」

『前もこんなことがなかった？』そう言いかけそうになって、口を閉ざす。

違《ちが》う……。

確かにこんな風に軽々抱き上げられて、自分も暴れたけど…でも……。

ファルザードじゃない……。

低く響《ひび》く良い声も似ている。肩で見る景色の高さも一緒《いっしょ》だ。だけど……。

「なにを考えている？」

気が付くと、寝室《しんしつ》へと移動していた。肩からおろされて、寝台に横たえられる。

「いや、誰のことを考えていた？　余とは別の男か？」

ファルザードの鷹《たか》のように鋭い視線が、気持ちを見透《みす》かすように瞳を射抜《いぬ》く。

「そんな……！」

「そうだな。お前は十四でこの後宮に納められて以来ずっと余のそばにいた。余以外の男を知るはずがない」

呪文《じゅもん》のように囁かれる言葉。何か言おうとして……だが何を言ったら良いのかわからない唇《くちびる》をふさがれた。セシルは大人しく目を閉じる。

抱きしめられた腕《うで》は暖かで安心するのに……胸の奥にかすかにあるこの落ち着かない浮遊感《ふゆう》はなんだろう？　まるで醒《さ》めない夢を見ているような感覚。

記憶《きおく》を失っているせいなのだろうか？

全《すべ》てを取り戻すことができたなら、安心してあなたの腕に抱かれることができる？

「……前にもこんなことがあった？」

互《たが》いの唇が離れて……セシルの問いに、ファルザードが「ああ」とうなずく。

「あなたの肩の上で暴れて」

「お前がお転婆をするたびにな。お仕置き付きで」

〃お仕置き〃の言葉にセシルは赤くなる。ファルザードはくすくすと笑いながら、弄《もてあそ》んでいた蜂蜜《はちみつ》色の髪《かみ》に口づける。

「あ……」

「ん？」

「前にもこんなことがあった？」

「ああ」

次に顔に触《ふ》れようとした手を捕《と》らえられて指先に口づけられた。薄《うす》い酷薄《こくはく》そうな唇、憶えてる……額に頬《ほお》に優《やさ》しく触れて……。

「前にも……」

おしゃべりは終わりだとばかり口をふさがれた。熱く舌を絡《から》め取られて、口づけの手順も同じ。

〝違う〟と思ったのはやはり勘違《かんちが》いだったのだ。抱きしめられたのもキスされたのもやはりこの人で……ふわふわと雲を食べているような口づけに意識を浮遊《ふゆう》させながら、セシルは自分の思い過ごしを笑う。

ただ、自分を抱きしめている相手の表情が、かすかな愁《うれ》いを帯びていることには気づかなかったが……。

「お前のおかげで事をうやむやにできなくなったぞ。おそらく明日にもこの離宮《りきゅう》どころか、イェニサライでも噂《うわさ》で持ちきりになるだろう」

長いキスのあと、ベッドに横たわりセシルの髪を弄びながら、ファルザードが言う。

「俺、まずいことをした？」

ファルザードのたくましい胸に乗り上げるようにして、顔を覗《のぞ》き込む。首を傾《かし》げる子供っぽい仕草に、ファルザードは苦笑《くしょう》し。

「まったくお前は変わるな。侍女達の前では、生まれながらの貴婦人のように堂々としていたのに……どちらが本当のお前だ、ギュルバハル？」

「他の人の前では、それらしくしろと言ったのはあなたのはずだけど？」

からかうようにつつかれた唇をとがらせる。話が逸れかけたことに気づき。

「ファルザードが口止めしたのに、侍女達がしゃべるわけないよ」

「それが宮殿《きゅうでん》の妙《みょう》なところだ。漏《も》れるはずがない話も、いつのまにか周知の事実となっている。だから、あの侍女がおかしなことを口走る前にさっさと始末しようとしたのだが、お前に邪《じゃ》魔《ま》された」

「そんな理由であの娘《むすめ》の首を刎《は》ねようとしたわけ!?」

セシルの柳眉《りゅうび》が跳《は》ね上がる。ようするに口封《くちふう》じではないか。

「そうしなければ、お前が言ったとおり皇太后の首を刎ねなければならんな」

「…………」

皇太后はファルザードの実母だ。母親を処刑《しょけい》するなど考えられない。

しかし、逆をいえば母親が息子に暗殺者を放つなど信じられないこととなる。

「あの話は本当なの？　ファルザードのお母さんがそんな……」

「あんな女が母親と言えるものか！」

即座《そくざ》にそう言い返したファルザードの隠《かく》さぬ憎悪《ぞうお》に、セシルは絶句する。

何がおかしいのか、ファルザードが喉《のど》の奥で低く笑う。

「ギュルバハル、お前は忘れてしまったようだが、世の親子の情愛など通じぬところが、この魔宮《まきゅう》でな。

皇太后が余を殺したいほど憎《にく》んでいることは、宮殿に一月も住んでいれば誰でも知る事実だ」

「どうして？」

「意のままにならぬからだ。皇太后やパシャ達にとっては、自分の意志を持たぬ操《あやつ》り人形のほうが都合が良い。思うがままに権勢を振《ふ》るうことができるからな」

「そんなことのために……」

「権力の亡者《もうじゃ》達にとっては重要なことだ。心清く優しいギュルバハルよ。お前には一生理解できまい」

再び笑ったその振動《しんどう》が、胸についた手から伝わる。おかしげに笑っているはずなのに、なぜか悲しげな響《ひび》きに感じる。

「ごめん……」

「なにを謝る？」

「俺、二度も嫌《いや》な話をさせたね。記憶を失ったりなんかしたから……」

「…………」

「まったく……お前は……」ため息をつきながら、ファルザードがセシルの頬を手のひらで包み込むようになでる。

「同じことを言うのだな。ギュルバハル……」

それは自分の名を呼んでいるのに、自分の後ろ……いや、もっと遠くにいる〝誰《だれ》か〟に呼びかけたような響きで、セシルは返事をするのを戸惑《とまど》う。

だが、ファルザードはつかの間の甘い回想を振り切るように、その瞳《ひとみ》に再び剣呑《けんのん》な色をたたえ、再び口を開く。

「それより別に謝ってもらうことがあるはずだがな」

「別に？」

「余に大人しく斬《き》られるつもりなどお前にはなかっただろう？　ダネルの剣《けん》を奪《うば》って受け止め、そのあとどうするつもりだった？

逆に余を斬り捨てるつもりだったか？　ならばお前を反逆罪で捕らえねばならぬな」

「ファルザード！」

からかうような口調から、本気でないのはわかる。ファルザードはなぜかとても楽しそうだ。

「あれほどずけずけと余に物を言う者はなかなか居ないぞ。言うに事欠いて〝野蛮人《やばんじん》〟など、誰もが思っていても口にしない言葉だ」

つい先ほどまで、そう言われてあんなに怒《おこ》っていたのが嘘《うそ》のような笑顔《えがお》だ。

「まさか、さっきのあれお芝居《しばい》だった？」

「半ば本気、半ば芝居だったな」

よく見破ったなと感心したような顔をする。

「余が激怒《げきど》して娘を斬ったとなれば、向こうも背筋を寒くしてしばらくは物騒《ぶっそう》な使いを送ってくることもないだろうからな」

「それで、なんの申し開きもさせずにあの娘の首を刎ねようとしたわけ⁉」

口封じどころか、見せしめの意味も込めて、ファルザードはあの娘を殺すつもりだったのだ。

「政《まつりごと》とはそういうものだ。いや、これは政などという高尚《こうしょう》なものではなく、単なる勢力争いだな。あの娘は運悪くそれに巻き込まれた」

「それがわかってて、どうしてあの女官を助けようとしなかったの？　ファルザードが一言『許す』と言えば、それですんだはずだよ⁉」

「あの娘が暗殺者の手引きをしたのは事実だ。たとえ脅《おど》されたにせよな。反逆罪は即刻《そっこく》死罪だと、宮廷《きゅうてい》に住む者ならば承知していたはずだ」

「断ったら、首を刎ねられないにせよ、袋《ふくろ》に入れられて海峡《かいきょう》にドボンだ。あの娘には逃《に》げ場なんてなかった。

それでも、俺が止めなかったら、あの娘の首をダネルに刎ねさせたわけ⁉」

「そうだ」

「そんな!!」

「お前の言っていることは所詮《しょせん》、綺麗事《きれいごと》だ、ギュルバハル。

ここは毒蛇《どくじゃ》の巣、同じ毒蛇にならなければ、毒が回っていずれ死ぬ。綺麗なままでいたいのなら、さっさと天上の国に召《め》されるのも一つの手だが、余はどんな手段を使っても生き残ることに決めているのでな。この手が汚《よご》れることなど厭《いと》わない。どうせ死んでからの行く先は、天国ではなく修羅《しゅら》の地獄《じごく》と決めているからな」

「…………」

黙《だま》り込んだセシルにファルザードが子供の機嫌《きげん》をとるように話しかける。

「なんだ？　この宮殿が恐《おそ》ろしくなったのか？　大丈夫《だいじょうぶ》だ。ギュルバハルは余が護《まも》ってやるからな。お前は綺麗なままで……」

「それでも、それは間違《まちが》っている。政のためなら、罪のない人を犠牲《ぎせい》にして良いだなんてことが、許されるはずがない。そんな国ならない方がいい！」

「極論だな。お前が言っていることは理想だ。

開闢《かいびゃく》以来、誰もが幸せになる国家など、この地上に誕生したことはないのだ。だからこそ、人は天上の国にあこがれるのかもしれないがな」

「それでも、間違ってる」

「………」

ファルザードが言っていることはある意味、正論だ。それが政であり、現実なのだろう。

だが、それでもセシルは納得《なっとく》できなかったし、また同じような光景が目の前で繰《く》り返されるとしたら、何度でも止めにはいるだろう。

ファルザードはそれ以上はなにも言わなかった。聞き分けの悪い子供だと思ってるのかもしれない。

その時、相手の端正《たんせい》な顔に張り付いていた苦笑は、そんな意味ではなく、単純に自分が気持ちの上で負けているという、自身に対する嘲笑《ちょうしょう》であったのだが。

「……それと」

「ん？」

「ファルザードが行くのは地獄じゃないよ。だって、俺には優しいし、結局あの女官だって助けてくれたでしょ？」

「お前だからだ。他《ほか》の者が言ったなら、それがパシャ達であってもはねのけていただろう。機嫌が悪ければ、その者を罷免《ひめん》したかもしれぬな。余は暴君で通っておるからな」

「でも、俺に優しくできるなら、他の人にも優しくできるはずだよ」

「………」

『ファルザード……わたしね、本当のあなたを知っているわ。あなたは本当は優しい人。だってわたしにはとても優しいもの。

　だから本当は他の人にも優しくできるはずよ……』


「どうしてこう重なるのか……」

「え？」

「いや、なんでもない。

　お前のほうこそ、どうした？」

　あごに手をあて、考えこんでいるセシルにファルザードが問いかける。

「どうした？」

「前にも……こんなことあった？」

「またそれか？」

「うーん、相手が頑固《がんこ》でさ、なかなかこっちの言い分聞いてくれないっていう、もどかしい感覚がそっくりなんだよね」

「誰が頑固だ。まったく……」

　それでもまだ考えこんでいると、くるりと視界が反転した。たくましい胸の上に乗り上げていた体勢から、組み伏《ふ》せられる。思わず開こうとした唇《くちびる》をふさがれる。

抱《だ》きしめられた腕《うで》の中、巧《たく》みなキスに徐々《じょじょ》に力が抜《ぬ》けていった。

⚜

その日から、ファルザードはセシルの部屋で朝を迎えることが多くなった。

「ヘンなの。それだけで侍女頭は大喜び。『めでたい、喜ばしいことです』って。ファルザードが俺と一緒に眠るのがそんなに良いことなの？」

赤地に金の唐草《からくさ》模様の刺繍《ししゅう》がほどこされたサテンのクッションを胸に抱《かか》えて、首を傾《かし》げるセシルの姿に、ファルザードが複雑な表情になる。

夜もとっぷりと更《ふ》けた頃《ころ》。セシルの部屋の寝台《しんだい》の上で、二人は文字通り〝寝《ね》る〟ところなのだが。

「さて、子供は寝る時刻だな」

結局ファルザードはそんな意味不明なことを言い、いつも通り、二人でももてあます広い寝台に入る。

「ねぇ、ファルザード」

「なんだ？」

腕枕《うでまくら》、髪《かみ》をなでられる心地よさに、喉《のど》を鳴らす猫《ねこ》のようにうっとりと目を細めながら、口を開く。

「海から、この宮殿《きゅうでん》を見てみたい。船に乗って」

「妙《みょう》なことを言い出したな」

「だって、ここから見る海はすごく綺麗なんだもの。きっと、海の上に浮《う》かぶこの宮殿も綺麗だよ」

「たしかに美しいな」

「やっぱりそうなんだ。俺をここに閉じこめて、ファルザードだけ見てるなんてずるいよ」

「わかった。見せてやろう」

「本当!?」

もはや横たわっていられず、がばりと起きあがる。ファルザードの厚い胸に手をついて、顔を覗《のぞ》き込む。

「あとね。街も見てみたい。アシュガルが、ここから見える神殿《しんでん》も綺麗だけど、間近で見るともっと綺麗だって言うんだ!」

「街か……。船でここらへんを一周するならともかく、街へ出るとなると警備の兵を手配しなければならない。明日というわけにはいかんぞ」

「うん、待つよ。でも、なるべく早いほうがいいな。

あとね。バザールも見てみたい。あそこには、この世のもので売られていないものはないって、本当？」

「それもアシュガルの受け売りか？　たしかにあの市場には、このナセルダラン国内の品物のみならず、東、西両大陸の交易品が集まるが、しかし売られていないものがないというのは、いささか大げさだな。

しかし、あそこの見学は許可できん。諦《あきら》めろ」

「どうして⁉」

セシルは唇をとがらす。それはまるきり、オモチャが買ってもらえないとすねる子供の表情で、ファルザードはなだめるように頭をなでる。

「スルタンの寵姫《ちょうき》ともなれば、皇帝《こうてい》以外の男の目にその身を触《ふ》れさせては本来ならぬもの。まさか、あのにぎやかな市場をお前一人のためだけに貸し切りにして、一般《いっぱん》市民を立ち入り禁止にするわけにはまいるまい」

ファルザードは宮廷《きゅうてい》でこそ恐《おそ》れられる暴君であったが、民《たみ》には善政をしくスルタンであった。このキジル・エルマの市民達の人気もすこぶる高い。

「俺一人だけが歩く市場なんて、楽しくもなんともないよ。だったら、お忍《しの》びでこっそりと覗くから、駄目《だめ》？」

「論外だ。そんなことをすれば、口うるさい侍女頭《じじょがしら》以下、泡《あわ》を吹くぞ」

「えーっ！　ばれないようにやるから！」

「そういう問題ではない」

セシルは渋々《しぶしぶ》、船での遊覧と神殿の見学だけで我慢《がまん》すると承知し、ファルザードはその翌日、ダネルに手配するよう命じた。

しかし、黒人宦官《かんがん》は難色を示した。

「今、ハセキ様を外に出されるのはお控《ひか》えなされたほうがよろしいかと」

「なんだ？　あれの膨《ふく》らみもしない腹の子を狙《ねら》って、また刺客《しかく》でも放たれるというのか？」

ファルザードが獰猛《どうもう》に微笑《ほほえ》む。昨夜、セシルに向けていた優《やさ》しげな微笑は、影《かげ》も形もない。

「あの女はよほど余の子が憎《にく》いと見える。いや、余自身か」

「陛下……とにかく今は、皇太后様を刺激《しげき》するような行為《こうい》はお控えになったほうが……」

ファルザードの口止めにもかかわらず、離宮《りきゅう》の愛妾《あいしょう》の部屋での騒《さわ》ぎは今や宮殿中の噂《うわさ》となっていた。侍女が事件の黒幕の名を口走ったことも。

当然、後宮にいる本人の耳にも届いているに違《ちが》いない。その焦燥《しょうそう》はいかばかりか。

「不慮《ふりょ》の事態が起こってからでは遅《おそ》すぎます。恐れながら、追いつめられた者はなにをするかわからない怖《こわ》さがあります！」

「それを待って、せっせとあの雌猫《めすねこ》の前に餌《えさ》をちらつかせてやっているのだ。飛びついてくれねば困る」

「ファルザード様！」

「外出は許可した。約束を違《たが》えれば我が最愛の愛妾に余が責められるのでな。警備はくれぐれも厳重に。あれの身に一筋でも傷がついたら、腹の子に触《さわ》るからな」

まるで楽しい遊びの話でもしているかのように語り、高らかに笑って、ファルザードは立ち去った。

「……結局、あの方にとって、今のギュルバハル様は手駒《てごま》にすぎないということなのか？　本当に愛していたのは、やはり……」

その広い背中が、廊下《ろうか》の角に消えるのを見送り、ダネルは小さく呟《つぶや》いた。

8

少女の遺体は眠《ねむ》っているようでもあった。だが、生まれ故郷に生《な》る実のように赤い頰《ほお》は青ざめ、唇も同様に、その命を飲み込んだ海の色に染まっている。

少女が後宮から居なくなった。どこへいったのか……世話係の侍女達も貝のように口を閉《と》ざし、けして言おうとはしない。ファルザードは一晩中彼女を捜《さが》し……そして……翌日。

「ギュルバハル……なぜだ……？」

海岸に打ち上げられた少女の亡骸《なきがら》、震《ふる》える手を伸《の》ばして……。冷たい頬に触れる。

背の高さはすでに大人とかわらず、肉体も鍛《きた》え上げられた戦士そのもの。だが鷹《たか》のように精《せい》悍《かん》な顔つきは、未《いま》だ少年の甘い面影《おもかげ》を残して、悲しみに歪《ゆが》む。

ファルザードは十七歳。少女は十五歳。幼い恋《こい》ではあったがそれだけに純粋《じゅんすい》だった。

「なぜだ……」

今度は少女ではなく、別の人間に向けられた問いかけだった。うつむいた顔にかかるざんばらの銀の髪。その長い前髪《まえがみ》の奥で、生まれた怒《いか》りと憎しみに、鉛色《なまりいろ》の瞳《ひとみ》が妖《あや》しく輝《かがや》き出す。

後宮の主である自分の母が、少女をよく思っていないことは知っていた。彼女が、己《おのれ》の息がかかったジャリエではなく、まして妃《きさき》教育も受けていない、下働きの女奴隷《どれい》出身であることも手伝って、母はこのような〝物好き〟は早く止《や》めるよう、さかんに言ってきてはいたが。

ここまで憎まれているとは思わなかった。

軽く目を閉ざしたギュルバハルの白い顔は無傷で、いまにも目を開きそうだ。だが、いくら名前を呼んでもその目が再び開かれることはない。

恐らくはいままで幾千《いくせん》ものハレムの女達の命を奪《うば》ってきた方法と同じく、袋《ふくろ》に入れられて海《かい》峡《きょう》に投げ捨てられたのだろう。だが、めったにそんなことはないのだが……袋を締《し》める紐《ひも》が緩《ゆる》み、重しがはずれて、この宮殿の海岸まで流れ着いたのだ。

いや、それさえもあの流れの速い海峡では奇跡《きせき》と言えた。普通《ふつう》ならたとえ重りがはずれたとしても、遺体は外海に流れ出てしまうはず。

まるで、自分は殺されたのだと、敵《かたき》を取って欲しいと、ファルザードに語りかけているように思えた。

いや、ギュルバハル一人の命ではない。

彼女は腹にファルザードの子を身ごもっていたのだ。先日、頬をそめ少女はそう告白し、ファルザードは手放しに喜んだ。

知らせれば、あの気位の高い母の態度もすこしは改まるかと、人づてに伝えたというのに。

それがこの仕打ちだというのか⁉

「ダネル。ギュルバハルを頼《たの》む」

「ファルザード様！　どこへ⁉」

彼は、自分からは一度も近寄ったことはない女の部屋へと押し入った。スルタンの寵愛《ちょうあい》を一身に受け、ハセキの称号《しょうごう》を持つ女の部屋へと。

「なんですか？　騒がしい？」

止める侍女を押しのけて入ってきたファルザードの姿に、実の母であるハセキは一瞬緊張《いっしゅんきんちょう》した表情になったものの、元の取り澄《す》ました顔を巧《たく》みに作った。

「なんですか？　不作法な」

長椅子《ながいす》に身を横たえて、侍女達に髪《かみ》を編ませ、ヘンナと呼ばれる染料で爪《つめ》を薄紅色《うすべにいろ》に染めている。その、貴婦人としての日常の姿さえ、ファルザードの内からわき上がってくる炎《ほのお》に油を注いだ。

この女は、直接手を下さないにしろ人一人殺した翌日に、その死体が見つかった朝に、のうのうと美しく着飾《きかざ》ることのできる女なのだ。

「……たとえ母の部屋といえど、婦人の部屋に断りもなく入るとは、貴人のすることとは思えませんよ」

「ギュルバハルを始末するように命じたのはお前か？」

「あの娘《むすめ》の死体が海岸に上がったのは知っていますが、自ら海に身を投げたはず。妾《わたくし》が始末を命じたなど、とんでもない言いがかりです。

それに、母親に向かってお前とはなんですか？　たとえこの国の皇太子といえど、生母にはそれなりの敬意をはらってしかるべき……」

「私は下らないお説教を聞きにきたのではない！

ギュルバハルは私の子を身ごもり幸せの絶頂にあったのだぞ！　それが自ら命を絶つなど考えられぬこと！

お前が答えないならば、直接手を下した黒人宦官ども一人一人に問い質《ただ》してもよいのだぞ！

将来の皇太子殺しを命じたのは誰《だれ》なのかをな！」

「皇太子殺しなど……たかが女奴隷一人が死んだだけのことでは……」

たかが女奴隷一人……その言葉にファルザードはぎりりと奥歯を噛《か》みしめたものの、噴《ふ》き出そうになる怒りをかろうじて押さえ、理詰《りづ》めで母を追いつめる。

「そのギュルバハルの腹にあったのは私の子だ。将来スルタンとなる皇太子殺しは立派な反逆罪となりうる。たとえハセキの称号を持とうが、反逆の疑いをかけられた者がどうなるか？その覚悟《かくご》はあるのだろうな？」

「言いがかりです！　まだ子供は生まれてもいなかったではないですか！　それに、妾はあなたのためを思って……」

「なにが私のためだ！　お前は私の妻と子供を殺したのだ！」

「あのような、卑賤《ひせん》な女の子供が本当にスルタン位を継《つ》げると、あなたは思っていたのですか？」

真剣《しんけん》に憤《いきどお》るファルザードがおかしいとばかり、ハセキはコロコロと笑う。

「台所の下働きとして買われてきた奴隷女の子供がスルタンとなり、あの娘が皇太后《ヴァリデ・スルタン》となるなど、考えるだにおぞましい。

遊びでそのような娘に手を出すのは認めましょう。ですが、このハレムにはスルタンの母となるのにふさわしい教育を受けた美しい娘はたくさんいるのです。皇太子殿下《でんか》、あなたも自分の子供を産む娘はもっと選んで然《しか》るべき……」

「殺してやる」

それは怒鳴《どな》るようなものではない、静かな声だった。しかし、その低い響《ひび》きに込められた憎《ぞう》悪《お》と迫力《はくりょく》は、目の前の女を青ざめ黙《だま》らせるに十分だった。

「そんなくだらない理由で、ギュルバハルを殺したというのか！」

抜《ぬ》いた剣《けん》。逃《に》げまどう女官とあがる悲鳴。

「ファルザード！　静まりなさい！　妾はあなたの実の母なのですよ！」

「お前など、母親ではないわ！」

騒ぎを聞きつけて、黒人宦官長《かんがんちょう》がやってきた。美食にでっぷりと太り、宦官長特有の衣装《いしょう》である、女の衣《ころも》のように派手な花柄《はながら》のカフタンに、黒貂《くろてん》の飾《かざ》り襟《えり》をつけている。

その身体《からだ》が、ファルザードと母親との間に割ってはいる。

「お怒りをお収めくださいファルザード様。お方様《ギュルバハル》のことは事故だったのです」

「したり顔で意見など申すな！　目障《めざわ》りだ！」

ファルザードの手にある白刃《はくじん》がひらめき、丸太のような黒人宦官長の身体に吸い込まれた。左肩《ひだりかた》から斜《なな》めに切り下げられ、倒《たお》れる身体。

ハレムの女達を密《ひそ》かに処刑《しょけい》するのは、世話係である黒人宦官達の仕事だ。その長《おさ》である宦官長が今回のことを知らぬはずはない。いや、実際この黒人宦官長は、皇太后が生きていた時代は皇太后と、今のハセキの時代となってからはそのハセキと共謀《きょうぼう》して、幾人《いくにん》ものジャリエ達の命をあの海峡に投げ捨ててきたのだ。

あがる血しぶきを褐色《かっしょく》の肌《はだ》に受けて、未だ収まらぬ紅蓮《ぐれん》の炎のような怒りを母親に向けるファルザード。獣《けもの》のような瞳をむけ、血に濡《ぬ》れた大剣を手に彼女に近づく。

「近寄らないで……いや！　化《ば》け物《もの》！　誰か‼」

もはや貴婦人としての威厳《いげん》などなく、母親は取り乱して叫《さけ》ぶ。その大騒《おおさわ》ぎに、普段《ふだん》は後宮の入り口を守っている衛兵や、黒人宦官達が駆《か》けつけて、今にも母親に剣を振《ふ》り下ろそうとしているファルザードを取り押さえる。

「殿下！　ご乱心なさいましたか！」

「この方はハセキ様！　ご生母様ですぞ！」

「ええい！　放せ！　こんな女！　殺してやる！」

数人に、手や足に取りすがられてもなお、逃げまどうハセキをファルザードは追おうとした。

「殺してやる！」

刃《やいば》が届かぬならば……怒りと憎悪を込めた声と言葉を、その蒼白《そうはく》の顔に叩《たた》きつけた。

⚜

『殺してやる！』

野獣のようなうなり声に、今は皇太后となった女は目を覚ました。夢であることにホッと息をつき、しかし今も記憶に残る恐ろしさに身体を震わせる。

「お母様。寝《ね》てしまわれていたのですか？」

寝椅子に横たわる彼女を覗き込むようにしている、一人の少年。彼女譲《ゆず》りの茶色の瞳《ひとみ》に髪。優《やさ》しげな顔立ち。

「ひどい汗《あせ》。怖《こわ》い夢でも見てらっしゃったのですか？」

心配げな顔をする少年に、皇太后は優しく微笑《ほほえ》み。

「なんでもありませんわ、セキム様。どうやら、あなたの見事なリュートの音を聞いているうちに、ついうたた寝をしてしまったようです。さあ、続きを聞かせてくださませ」

「はい、お母様」

少年は椅子《いす》に戻《もど》り、再びリュートをつま弾《び》き始めた。そのきらびやかな音に耳を傾《かたむ》けるふりをしながら、しかし皇太后の顔は愁《うれ》いに満ちていた。

ファルザードの弟であるセキムは今年十六歳。十歳のとき、ハレムの中にあるこの幽閉所《ゆうへいじょ》に入れられて以来、外の世界を見たことはない。故に世俗《せぞく》の汚《けが》れを知らず、自分がなぜこの鳥かごのような場所に入れられているのか、知識としてわかっていても、実感として理不尽《りふじん》に思ったことなどあるまい。

自分が兄の手によって、明日にも処刑される身かもしれないことを……。

ファルザードと違《ちが》い、手ずから育てたこの皇子を皇太后は溺愛《できあい》していた。礼儀《れいぎ》正しく優しい、彼女にとっては理想の息子《むすこ》。それを、あのような恐《おそ》ろしい男に殺されてなるものか！

ギュルバハルの一件によって、ファルザードは知事《サンジャク・ベイ》として、遠い属領に飛ばされた。母と子を引き離《はな》したほうが良いとのパシャと父親であるスルタンの判断だったが、しかし、当時ハセキだった彼女は不満だった。

彼女はさかんに、ファルザードの皇太子位を廃《はい》し幽閉所に閉じこめ、セキムを皇太子とするように、二人の父であるスルタンに訴《うった》えた。だが、凡庸《ぼんよう》で優柔不断《ゆうじゅうふだん》だったスルタンはこれだけは頑《がん》として聞かずに、ファルザードは皇太子であり続けた。

『あのような恐ろしい皇子がスルタンとなれば、まず母である妾《わたくし》の首を刎《は》ね、次に弟であるセキムの首を刎ねるでしょう！』そう訴えたというのに。

予想はある意味現実となって、再び皇太后の前に現れた。先代のスルタンが崩御《ほうぎょ》して数日後。あろうことか、側近《そっきん》の奴隷《どれい》少年達を武装させたままハレムまで引き連れ、まだ幽閉所にいた叔《お》父《じ》を一刀のもとに斬《き》り殺した。

あの日と同じ、悪魔《あくま》のような褐色の肌に血しぶきを浴びて、彼女を見て獰猛《どうもう》な肉食獣《にくしょくじゅう》のように、不敵に微笑んだ。その鉛色《なまりいろ》の瞳は言っていた。『次はお前だ』と……。

幸いにも、セキムは幼かった故に罪を免れ幽閉所送りとなり、ファルザードは叔父を擁立《ようりつ》しようとした皇太后やパシャ達の罪は問わなかった。しかし、その理由はわかっている。古参のパシャ達を軒並み処刑してしまっては、国が立ちゆかなくなるからだ。自分を始末しなかったのも、そのパシャ達を掌握している皇太后を殺せばどのような反発、反乱があるか予想がつかなかったからだろう。

しかし、ファルザードが在位して六年あまり、その皇太后とパシャ達の関係もだいぶ変化した。古老のパシャ達は高齢《こうれい》を理由に退けられ、ファルザードの側近がそれに成り代わった。他《ほか》のパシャ達もファルザードの顔色をうかがい、皇太后とは距離《きより》を置くようになってきている。

頼《たよ》りは、ファルザードの妹であり、セキムの姉である二人の姫《ひめ》が降嫁《こうか》したパシャ達だが、一人はすっかりファルザードの側近となってしまい、一人はあくまで皇太后に義理立てしたために知事として地方に飛ばされてしまった。

『皇太后様はいまや飾り同然だな』そんな陰口《かげぐち》がひそかに囁《ささや》かれるなか、皇太后の焦《あせ》りはますます強くなる。典型的な暴君ではあるが、施政者《しせいしゃ》としては強い指導力を発揮するファルザードを、あのハスドルバルの再来と称《たた》える者さえいる。

が、皇太后はけして、ファルザードを認めようとは思わなかった。今は、平和の世。女達の言うことに耳を傾けるぐらいのスルタンでちょうど良いのだ。あのような乱暴者がスルタンを名乗り続ければ、パシャ達の心は離れ、ハレムの女達は恐怖《きょうふ》に怯《おび》え、国はバラバラになってしまう。

それよりなにより……皇太后は無心にリュートをつま弾くセキムを、思い詰《つ》めた表情で見つめる。

この子をファルザードなどに殺させはしない。あの男は、実の弟を殺すのになんのためらいも見せない冷酷《れいこく》な男だ。この子がスルタンになれば、そんな恐怖は無くなる。わたくしも、いつあの恐ろしい男に殺されるかわからない恐怖から、解放される。

やってきた侍女《じじょ》が「皇太后様……」と耳打ちする。その侍女と二言、三言ぼそぼそとやり取りすると、リュートを弾くのを止《や》めてこちらを見ているセキムに向き直る。

「ごめんなさい。急に人に会うことになりました。今日は午後いっぱいあなたのそばにいるつもりだったけど……」

「お気になさらずお母様。私にはいつでも会えますから」

穏《おだ》やかな息子の笑《え》みに送られて、皇太后は部屋をあとにした。

⚜

ハレムの広大な中庭のはずれにある四阿《あずまや》。周囲は鬱蒼《うっそう》とした木々に囲まれ、宮殿《きゅうでん》からは大理石でできた白いドーム型の屋根しか見えない。密談には格好《かっこう》の場所と言える。脇《わき》にある噴水も、水音で会話をかき消す工夫だ。

この国では貴人同士がくつろぎ話すときかならずかき鳴らされる楽の音も、会話の内容を聞かれないためだと聞いた。つまりは、そんな習慣が根付いてしまうほど、このナセルダランの宮殿は、疑惑《ぎわく》と陰謀《いんぼう》が常に渦巻《うずま》いているということになる。それは……今も。

「お待たせしました。アルビオンの特使どの」

「また、お目にかかることができて光栄です。美しい方」

アルマンは皇太后の白い手を取り、その甲《こう》に恭《うやうや》しく口づけた。

華《はな》やかな桃色《ももいろ》の薄衣《うすぎぬ》を纏った皇太后は、多少とうが立ってはいるが、それでも匂《にお》い立つ大輪の蓮《はす》の花のように見えた。ダイヤモンドが星くずのようにちりばめられた腰帯《こしおび》を身に付け、胸にもこれまたルビーとダイヤモンドを組み合わせた首飾《くびかざ》り。大きな耳飾《みみかざ》りも揃《そろ》いのものだ。

その装《よそお》いは、夫であるスルタンを亡《な》くし、皇太后としての威厳や貫禄《かんろく》を求めるよりも、未《いま》だ後宮の華であろうとする女の意地が現れているようでもあった。二人の大きな子を持つようになってさえこの美貌《びぼう》である。若い頃《ころ》はそれこそ、その豊満な胸にあるダイヤモンドのように光り輝《かがや》いていただろう。

しかし、それを見せる男はもういない。今のハレムの主は彼女の息子であり、彼に奉仕《ほうし》するのは、皇太后よりも若く輝《かがや》いている娘達《むすめ》である。

そういう鬱屈《うっくつ》が、この女の胸には渦巻いているのかもしれない。『美しい方』という呼びかけに微笑し、自分に手を取られたまま石の椅子に腰掛《こしか》ける皇太后の顔を見つめながら、アルマンは思惑《おもわく》を巡《めぐ》らす。

「そういえば、初めてお会いしたときから気になっていたのですが……」

「なんでございましょう？」

「その頬《ほお》の傷はどうされたのですか？　不躾《ぶしつけ》な質問だとは思いますが……」

「ああ、これでございますか？」

アルマンは綺麗《きれい》に整い磨《みが》かれた爪《つめ》の先で、するりと傷をなでた。右頬に刻まれた赤い三日月型の傷。自分の優しげな面立《おもだ》ちとは正反対のこの飾《かざ》りは、よほど他人の気を惹《ひ》くようで、初めて会った人物はたいがい、ちらちらとこの傷を見る。

それにもだいぶ慣れたが……。

「アルビオンは海の王国。狭《せま》い国土にしがみついているよりは、船に乗り海原を旅する者が多い土地柄《とちがら》です。

私も若い頃、海賊《かいぞく》に襲《おそ》われまして……その戦った名残《なごり》です」

「まあ、恐ろしい……」

手に持つ白孔雀《しろくじやく》の扇《おうぎ》で口元を隠《かく》しながらしかし、皇太后の口振《くちぶ》りはさほど恐ろしそうではない。

むしろ、このような優しげな外見を持つ青年が海賊と戦ったというのが意外であり、またそのような猛々《たけだけ》しい面も持ち合わせているのかと、あらためて見直したという顔だ。

「それで、妾《わたくし》に会いに来たのは、あの娘のことでなにかわかったのですか？」

「いえ、私は美しい方がお困りではないかと参りました」

「妾が……？」

「はい。このごろ宮廷《きゅうてい》をにぎわす、あなた様のお耳に入れるのも恐れ多い噂《うわさ》。外国の特使である私の耳にも届くほどになっております。根拠《こんきょ》のない風聞に心を痛められているのではないかと心配になり、つい用もないのに御前《ごぜん》にまかり越《こ》しました」

「………」

ファルザードが、たとえ口止めしても宮廷での出来事は外に漏《も》れるとセシルに預言したとおり、離宮《りきゅう》での騒《さわ》ぎはアルマンの耳にも入っていた。

噂で聞き、また離宮に勤める者に幾《いく》ばくかの金をつかませて聞いた話は、アルマンには大変面白いものだった。

しかし、皇太后にとっては楽しくない話題には違いない。彼女は一瞬《いっしゅん》気まずげな顔をしたあと、すぐに取り澄《す》ました元の表情を作って、口を開いた。

「あなたのおっしゃるとおり、なんの証拠《しょうこ》もありません。妾はそのようなたわいもない噂には、初めから取り合ってもいませんのでご心配などなさらず」

自分はまったく関係ないのだと皇太后は去勢を張る。たとえ証拠などなくとも、刺客《しかく》を送り込んだ黒幕は誰《だれ》なのか、みな周知の事実だというのに。

しかし、アルマンは『ごもっとも』とばかりに重々しくうなずき。

「さすがは毅然《きぜん》としていらっしゃる。もちろん、この私もあなた様のおっしゃることが真実だと、存じ上げております」

そう述べたあとで、顔を曇《くも》らせ。

「しかし、今回はいささかお立場が悪い。まして、あの噂が事実となれば」

独り言のように言う。

いや実際、噂は本当に起こったことで、人々はいつファルザードが皇太后に処断を下すか、今か今かと待ちかまえているような状態なのだが。

皇太后の心中にも嵐《あらし》が吹《ふ》き荒れているに違《ちが》いない。彼女は涼《すず》やかな切れ長の瞳《ひとみ》をつりあげ、甲高《かんだか》い声でまくし立てた。

「妾を信じると言った口で、噂も真実だと言う。あなたは一体！」

「真実だとは申し上げていません。事実だと言ったのです。スルタンお気に入りの愛妾《あいしょう》の部屋で騒ぎが起こったのは間違いありません」

「あなたが陛下に進物《ヘディエ》として贈《おく》った娘ですね」

その白い面《おもて》に一瞬どす黒い嫉妬《しっと》の渦《うず》が浮《う》かび上がり、消える。

先代のスルタンが生きていたときの振《ふ》る舞《ま》いや、ファルザードとの確執《かくしつ》などの話を聞くに、そうとう権勢欲が強い女性に違いないと、アルマンはこの皇太后を見ていた。そうであればあるほど、かつての己《おのれ》の立場と同じ〝女〟が、己以上の力を持つことなど許せないだろう。たとえ、彼女の時代が過ぎ去っていたとしても、それがわからずしがみつき続けるに違いない。

まさに、今の状況《じょうきょう》がそうだ。

「いいえ、おそらくその娘、私が陛下に贈った娘とは別人でしょう」

「なんですって⁉」

「刺客を手引きした娘を、陛下は今にも斬《き》り捨てかねない状況だったとお聞きしております。幾ら気に入りとはいえ、数日共に過ごしただけの愛妾の言葉などお聞き入れになるでしょうか？　あの激しい御気性《ごきしょう》の陛下が」

言葉とは裏腹、アルマンは、それがセシルだということを確信していた。いや、セシルだからこそと言うべきか。まったく自分が仮に仕えているアルビオンの皇太子といい、アキテーヌの元親友といい、今回のファルザードにしても……あれには王者を引きつける魅力《みりょく》のようなものでもあるのだろうか？

いや、そのアルマンにしても、セシルをスルタンの後宮に送り込んでも、彼が殺されることはまずあるまいと……予感めいたものがあったのだから。

「では、あの娘はやはりあなたの献上《けんじょう》した娘ではなく、前から陛下のおそば近くに上がっていたと？」

「そう考えた方が良いでしょう。しかし、そうなるともう一つの噂にも信憑性《しんぴょうせい》が出てきますな」

「もう一つの噂？」

「あなた様からお聞きした、ギュルバハル様ご懐妊《かいにん》の噂です」

言いながら、こみ上げる笑いを必死にこらえる。まったく男の妾に妊娠《にんしん》の噂が出るなど、滑稽《こっけい》な話だ。

「では、あの娘がすでに陛下の御子《みこ》を身ごもっていると、あなたは思うのですか？」

「もしそうだとしても、御子が誕生されるのはかなり先のことでしょう。もし、産み月間近の目立つ腹ならば、すぐに噂になるはずです。

それよりも私が気になるのは、陛下に侍女《じじょ》の命乞《いのちご》いをされたときに、ハセキ様が口にされたお言葉です」

「ハセキですって⁉　誰が⁉」

言葉の内容より、称号《しょうごう》が気になるとは、いやはや権勢欲だけが強いうすっぺらな女性だ。しかし、その内心をおくびにも出さず、あくまでアルマンはうやうやしく応《こた》える。

「もちろん、ギュルバハル様のことです。ドルマ・バフチェではすでにそう呼ばれているとお聞きしておりますが」

「……まったく、まだ室《イクバル》になって数日しかたっていない娘に、ハセキの称号を与《あた》えるなど。陛下もなにを考えているのやら！」

むろん、アルマンの耳に届いている宮廷の内情が、皇太后の耳に届いていないはずはない。

しかも、海外の特使を前にして暗にスルタンを批判するような言葉を口にするとは、相当、彼女も動揺《どうよう》しているらしい。アルマンは冷ややかに観察し、最後の仕上げにはいる。自分を追い落とすかもしれない、そしてその者が次代のスルタンを身ごもっているかもしれず、企《たくら》んだ暗殺は失敗に終わった。

「私が聞いた噂ですが、ハセキ様はこうもおっしゃったそうですね。刺客を手引きした娘は、命じられてただ実行しただけ。

『罰《ばっ》せられるべきはまず、陰謀を企んだ者ではないのですか？』

と……。つまり、手先などではなく、その黒幕を始末する方が先だと。ごもっともな話です」

「そんなことをあの娘が言ったと？」

皇太后の声が抑《おさ》えられず、語尾《ごび》が揺《ゆ》れる。白孔雀の扇で隠した口元は見えないが、おそらくは歪《ゆが》みわなわなと震《ふる》えていることだろう。

かつての自分と同じ、皇帝《こうてい》の寵愛《ちょうあい》を受けた妾。そして、すでに自分にはない若さあふれる娘《むすめ》に、その地位を奪《うば》われ、追い落とされようとしている。この女にとっては、最大の屈辱《くつじょく》に違いない。

「たしかにハセキ様のご意志かもしれません……しかし。

もう一人の方のご意志も入っているのかもしれません」

「もう一人の意志？　それは……」

「陛下です」

「なっ⁉」

「やはりどう考えても、いくら気に入りの愛妾とはいえ、あれだけ激しい御気性の方がそれを押さえて、刺客を手引きした侍女を助けたなど考えにくい。

　それはご生母なれば、よくご存じでらっしゃいましょう？」

「…………」

　皇太后は気まずげに押し黙《だま》り、答えることを避《さ》けたが、それが同意の証《あかし》に他《ほか》ならなかった。

「刺客を手引きした侍女を挟《はさ》んでの、ハセキ様と陛下のやりとりは、すべて打ち合わせ済みのことだったのかもしれません。あくまで憶測《おくそく》ですが……」

「芝居《しばい》だったと？　なんのために？」

　そこでアルマンは、一瞬言葉にするのをためらうようなそぶりを、わざと見せた。深刻そうな顔を作り、口を開く。

「申し上げにくいことなれど、皇太后様。あなた様を陥《おとし》れんために」

「なっ！」

　驚《おどろ》き絶句する皇太后の手を取り、引き寄せ口づける。それは、もはや儀礼《ぎれい》的な挨拶《あいさつ》を越《こ》えたものだった。皇太后もそれに気づき頬《ほお》を染め「なにをなさいますの！」と叫《さけ》び、手を引こうとする。

が、アルマンは強くその手を握《にぎ》りしめ放さない。

「皇太后様。私は初めて会ったそのときから、あなた様に強く惹《ひ》かれるものを感じておりました」

「なにを言っているのです！　妾《わたくし》を誰だとおもっているのですか⁉　手を放しなさい！　大声で人を呼びますよ！」

そう言いながらも、本当に呼ぼうとはしない。夫であるスルタンは亡《な》く、侍女や宦官《かんがん》に囲まれた暮らしの皇太后には、久しくこのような経験などなかったに違いない。百戦錬磨《ひゃくせんれんま》のアルマンにとっては、その女心が透《す》けて見えるも同然だ。

耳たぶまで赤く染まる、その耳に文字通り悪魔《あくま》の囁《ささや》きを吹き込む。

「美しい方、私はあなたになにも求めたりはいたしません。ただ、あなたの騎士《きし》として奉仕《ほうし》させて頂きたいだけです。貴婦人のために命を捨てることこそ、騎士の務め。

私は、あなたとあなたの皇子を御守《おまも》りしたいだけです。幽閉所《ゆうへいじょ》に閉じこめられたまま、命を終えようとしているあなたの大切な、宝物を」

「セキムが……セキムが殺されるというのですか⁉　ファルザードに！」

女の顔から、一瞬《いっしゅん》にして母の顔になる。

彼女が一番恐れていること。それは最愛の皇子の命を奪われることとだろう。それと同時に……。

「皇子様だけではありません。陛下は今度こそ、あなた様をお許しにはならないかもしれません」

「妾を……この実の母をも殺すつもりだというのですか⁉　ファルザードは！」

もはや、陛下の尊称《そんしょう》で呼ぶこともなく呼び捨てにする。

『妻は取り替《か》えられても、母の替わりはいない』という言葉の示すとおり、古い因習と歴史を誇《ほこ》るこの宮廷《きゅうてい》では、スルタンの生母である皇太后はとても尊敬されてきた。ファルザードも『母親殺し』の汚名《おめい》を被《かぶ》るのをあえて避けてきたのは、彼の強引《ごういん》さをもってしても、皇太后を始末したあと、パシャ達やとくに聖職者達の反発を抑えられないと知っていたからだろう。

「たしかに即位《そくい》なされたときは、あなた様の地位にたいして陛下はご遠慮《えんりょ》なされました。しかし、今はあえてその禁を犯《おか》す覚悟《かくご》がおできになられたのでしょう」

「どうして今更《いまさら》！」

「今だからです。いかに英明な君主といえど、過《あやま》ちを犯すことはあります。とくに、我が子かわいさとなれば……」

皇太后はなにか思い当たったように目を見開く。

「ギュルバハルという娘が懐妊したからだと？」

まったくどんなふざけた噂《うわさ》が、まことしやかな真実として独り歩きし、手駒《てごま》となるかわからない。内心噴《ふ》き出しそうになるのをこらえながら、アルマンは重々しくうなずく。

「申し上げにくいことながら、生まれてくる我が子のために、争いの元となる種は極力排除《はいじょ》しようと思うのが親心というもの。

それに今回の暗殺騒《さわ》ぎです。お生まれになった御子《みこ》が幼いうちに、陛下がお命を落とすような不慮《ふりょ》の事故が起こらないとも限らないと、お考えになったのかもしれません。そうなれば、この巨大《きょだい》な帝国《ていこく》の君主に幼児を戴《いただ》くよりも、成人した男子がいるならばそちらに……という声が出てきて当然です」

「セキムは……セキムはそのような大それた野望など抱《いだ》いておりません。あの子は、十歳のときからあの狭《せま》い世界に閉じこめられて、それでも不平一つこぼしたことはないのです。ただリュートを友にして音楽に親しむ、心優《やさ》しい子だというのに……」

涙《なみだ》に声を曇《くも》らせ、胸にすがりつく皇太后をアルマンは慰《なぐさ》めるように抱《だ》き寄せる。

「セキム様がいかに欲がなく清くあられようとも、彼がスルタンの血を引く皇子だというだけで、陛下には十分な脅威《きょうい》なのです」

いや、気づこうともしないからこそ、操《あやつ》りがいがある。

ファルザードがスルタン位に就くとき叔父《おじ》を斬《き》り殺した、それを非難する皇太后に言ったせりふと、そっくり同じ意味の言葉を返す。皇子であること、そのこと自体が罪なのだと。

絶句した彼女に、ことさら声を潜《ひそ》め、甘く蠱惑《こわく》的に囁いたのは愛の言葉ではなく……。

「……ですが、もし身ごもっているハセキ様に万が一のことがあれば、帝国の後継者《こうけいしゃ》は再びセキム様ただ一人。陛下もお考え直しになるでしょう」

「あの娘を殺すと？」

腕《うで》の中で見上げる皇太后を「そのように恐ろしいことを口に出されるものではありません」と笑ってはぐらかし。

「私は万が一のことと申し上げました。たとえお城の奥深くに守られている方であろうと、〝不慮の事故〟はそれこそ、あふれるほどにあるわけですからな。

しかし、それだけでよろしいのですか？」

「それだけ？」

「そう。たとえギュルバハル様がお亡くなりになったとしても、また新たなハセキ様が陛下の子を身ごもられるかもしれない。そのたびにセキム様のお命は危険にさらされる」

「それはまた、あなた様の命も……」付け加えたアルマンの言葉に、皇太后が息を飲む。

「たとえ陛下にお子が無くとも、陛下にとってセキム様が自分のスルタン位を脅《おびや》かす脅威であることに変わりはない。それは逆にセキム様にとっても……」

「ファルザードが……あの子が居なくなれば、セキムの身は安全だと？」

「そして、妾の身も……」まるで初めて思い当たった考えだと、しかも大それた企《くわだ》てだと言わんばかりに、皇太后の目は大きく見開かれ、その語尾が震え小さくかすれる。過去、そのために何度となくファルザードの命を狙《ねら》ったクセに。

そんな軽蔑《けいべつ》をおくびにも出さず、アルマンは情熱的に語りかける。

「美しい方、私はあなたの騎士だと申し上げました。

あなたの願いならば、この命に代えてもかなえてさしあげます。さあ、お望みをおっしゃってください」

まるでこの羊皮紙にサインすれば、全ての望みを叶《かな》えるという、あの悪《あ》しき魔物《まもの》の言葉のようだ。

ただし、つかの間の享楽《きょうらく》を約束した契約《けいやく》は、永遠に煉獄《れんごく》につながれる己《おのれ》の命と引き替えだが……。

「ファルザードを…あの子を殺し…て……あ……」

全《すべ》てを言い切る前、紅に彩《いろど》られた口をふさぐ。

「そのような恐《おそ》ろしいことを口にされるものではありません」

わななく唇《くちびる》に告げた。

9

宮殿《きゅうでん》を遠ざかる小舟《こぶね》の上から、セシルは「やっぱり綺麗《きれい》！」と歓声《かんせい》をあげる。

太陽の光を受けて輝《かがや》く海。青いモザイクタイルで飾《かざ》られたドルマ・バフチェは、まるでその波間に浮《う》かぶ蜃気楼《しんきろう》でできた城のようだ。

日差しを遮《さえぎ》る屋根から出て、安定の悪い小舟のうえで立ち上がるセシルに、お付きの侍女《じじょ》達はハラハラ。「ハセキ様！　お願いでございます！」「お座りくださいませ！」と悲鳴をあげるのを、お供の白人宦官のアシュガルと顔を見合わせ、声を立てて笑う。

隣《となり》の小舟では、同じく供の黒人宦官ダネルが護衛の兵と共に、『なんとも、うちの姫《ひめ》様は、お転婆《てんば》なものよ』と呆《あき》れた顔で見ている。

今日のセシルの装《よそお》いは、陽光に輝く海にも負けぬ、深い青色の繻子《しゅす》の衣《ころも》。外を歩くために、裾《すそ》は長く引かず、ダイヤモンドと銀のバックルが飾りのサテンのサッシュでたくし上げてある。衣《ころも》と同じ繻子の帽子《ぼうし》には、バックルと同じ意匠《いしょう》の飾りがついている。たらした蜂蜜《はちみつ》色の髪《かみ》の所々をとり、三つ編みにした房《ふさ》が海風に揺《ゆ》れる。房を留めているのは、小さな銀の鈴《すず》がついた飾り紐《ひも》で、風に煽《あお》られるたびにちりりちりりと、かわいらしい音を立てた。

船が城を遠ざかり、小さくしか見えなくなって、ようやく腰《こし》を下ろしたセシルに、侍女達はホッとした表情で胸をなで下ろす。アシュガルが「そう言えば……」と口を開き。

「あの娘《むすめ》ですが、今朝、無事にゴート行きの商船に乗って旅立ちました」

「そう」

あの娘とは、刺客《しかく》を手引きした侍女だ。表だってのとがめは無しと決まったものの、そのまま離宮《りきゅう》に置いておくわけにもいかず、まして元居た後宮に戻《もど》すわけにもいかず、里に戻すことにしたのだ。

娘の故郷は、ゴートにある小島の一つ。幼い頃《ころ》、海岸で遊んでいたところを、海賊《かいぞく》にさらわれたと聞いた。

「ゴート人の商人と笑って話していたところを見ると、これから帰る故郷の思い出でも話していたのかもしれません」

「よかった」とセシルは微笑《ほほえ》む。そこに、ことさら声を潜めてアシュガルが耳打ちする。

「国境の海域までナセルダランの艦隊《かんたい》が護衛して行きました。さすがにハレムから伸《の》びる腕も、国外までは届きませんからな」

ハレムから伸びる腕とは、ファルザードの実母である皇太后のことだ。証拠《しょうこ》は未《いま》だ無いが、彼女が今回の暗殺を企てたことは、誰《だれ》の目にも明らかだった。ファルザードは侍女を、国内にいるあいだ厳しく行動を制限し常に自分の信頼《しんらい》できる兵に監視《かんし》させた。それは侍女が逃《に》げ出すのを防ぐためというよりむしろ、皇太后からの口封《くちふう》じの手が伸びるのを防ぐため。

実の親子だというのに……。たしかに激しいところはあるが、あれほど英明なファルザードをなぜ皇太后は殺したいほど憎《にく》むのか。理解ができずセシルの顔は曇る。

「ありがとうございます」

不意打ちのように礼を言われ、意味がわからず「え？」とアシュガルの顔を見る。

「娘のこと、このアシュガルからもお礼を申し上げまする」

「どうして？」

「娘からハセキ様にくれぐれもお礼を申しておいてくれと頼《たの》まれたのですが……まさか、故郷に帰れるとは思わなかったと」

猿《さる》のような顔をくしゃくしゃにして微笑んでいる、自分よりだいぶ背が低い白人宦官《かんがん》の顔を、セシルは見下ろす。その外見から、セシルにはアシュガルの歳《とし》を推《お》し量ることはとうてい無理だが、子供の頃の故郷の国の記《き》憶《おく》は薄《うす》いと言っていたし、ファルザードが生まれた頃よりの守《も》り役ならば、相当な歳になっているはずだ。

「アシュガルも、ルーシーに帰りたい？」

「さあ……帰ったとしても私を憶えているものがいるかどうか。この小さい身体では畑仕事などもできませんし、宮廷《きゅうてい》で皆様《みなさま》を喜ばせたりしておもしろおかしく暮らすほうが、私の性《しょう》には合っております」

アシュガルの苦笑《くしょう》は、故郷を離《はな》れた年月の重さ、長さを、セシルに伝えた。帰りたくても、帰れない故郷。だから、あの娘に思いを馳《は》せて、我がことのように喜んで、この年老いた宦官は礼を言ったのだろうか？

「ハセキ様もお帰りになりたいとお思いになりますかな？……ルーシーに」

「わたくし……？」

自分はどうなのだろう？　ファルザードやアシュガルの話で、林檎《りんご》が生《な》る美しい村を思い起こすことはできる。でも、それに懐《なつ》かしさを感じたりはしない。記憶を失っているせいなのか、それとも……。

自分の帰るべき場所はそこではないような気がする。いつも常に、呼ばれているような感覚。それが誰か？　と問えばきっとファルザードは、自分だと答えるに違《ちが》いないけれど。

「わからないわ……帰りたいのか、帰りたくないのか……」

⚜

それは美しい黒い漆塗《うるしぬ》りの女車だった。艶光《つやびか》りする両開きの扉《とびら》には、チューリップや百合《ゆり》、それに戯《たわむ》れる蝶《ちょう》が、真珠貝《しんじゅがい》が輝《かがや》く螺鈿《らでん》細工によって描《えが》かれている。車を引くのも、黒い体毛に覆《おお》われた巨体《きょたい》と、それに似合った立派な角を持つ水牛だ。

「これに乗るの？」

船から街の桟橋《さんばし》に降り立ったセシルは、少し不満げだ。

「わたくしもダネルと同じ、馬がいいな」

「ダメです！」

セシルの言葉をダネルは『とんでもない！』とばかりに却下《きゃっか》する。

「貴婦人が馬に乗るなど、聞いたこともありません！」

「でも、わたくしは乗れるわよ」

そう、先日宮廷内の馬場へと伴《ともな》われたセシルは、気の荒《あら》い軍馬を乗りこなしてしまったのだ。

それは、ファルザード気に入りの白馬だが、気位が高いのでも有名で、専任の調教師さえ手こずるような難物だった。

その荒馬に、調教師が目を離《はな》した隙《すき》にセシルがひょいとまたがってしまったのだ。白馬は当然気に入らぬ乗り手を振《ふ》り落とすのではないか⁉　と周りの者は蒼《あお》くなったのだが、セシルは馬場を二周ほど馬に駆《か》け足させて戻ると「良い馬ですわね」とにっこり笑った。

「お前の手にかかると、どんな荒くれ馬も子猫《こねこ》のように大人しくなるな」これにはファルザードが愉快《ゆかい》がり、その白馬をセシルに与《あた》えるというおまけまでついたが。

「そもそも、ハレムのお妃様《きさき》が街にお忍《しの》びに出るなどということさえ、考えられぬことです！」

今回のお忍びは『どうしても外が見たい！』とセシルがファルザードにねだって実現したものだ。暗殺騒ぎのあったこんな時期にと、ダネルは猛反対《もうはんたい》だったのだが。

「大丈夫《だいじょうぶ》よ。きちんとベール被《かぶ》るから」

さすがに街へ行くというので、普段《ふだん》は嫌《きら》うベール、それも宮殿用の透《す》けて見えるような薄物《うすもの》ではなく、分厚いベールを被って目だけを覗《のぞ》かせている。

「ダメです！　そもそも、お姿を下々の者達に見せることさえ、考えられぬことなのですから！　ベールをつける、つけないの話ではありません！」

「もう、ダネルのほうがわたくしよりよほど、おしとやかなハセキに向いているようね」文句を言いながら、セシルが車に乗り込む。その後ろから、別の理由で馬には乗れぬアシュガルが続こうとしたが、入り口でけつまずいて、押しつぶされたカエルのように無様に倒《たお》れ、侍女達の失笑《しっしょう》を買う。

これでもハセキ様の護衛の一人だというつもりなのか、今日の彼は、いつもの派手な衣装《いしょう》の上に、その身長では引きずって歩くような長剣《ちょうけん》を腰に差していた。それを上がり口に引っかけたのだ。

それでもなんとか乗り込んで車は走り出した。

景色が動き出せば、馬に乗れなかった不満などどこかに行って、セシルは緞帳《どんちょう》の間から見える外の景色に瞳《ひとみ》を輝かせた。それは一緒《いっしょ》に乗り込んだ侍女《じじょ》達も同じだ。彼女たちも、奴隷《どれい》市場からそのままハレムへと売られて、外の世界を見たことなど一度もないのだから。

市街は人通りが多くにぎやかだったが、女の姿はやはり滅多《めった》に見掛《みか》けない。時折、深くベールを被った女性と、そのあとに続く奴隷女の姿をちらほらと見たが。おそらく公衆浴場《ハマム》に向かうのだろう。後ろをついていく奴隷女が、大きなたらいを頭にのせている姿から、それがわかる。そこに主人の洗面道具が入っているのだ。

　入浴の習慣は、ナセルダランの民《たみ》がまだ羊を狩《か》って暮らしていた頃にはなく、このキジル・エルマの都を支配してからの習慣だ。彼らにとっては、先の支配者より受け継《つ》いだこの都市の文化そのもの。その頃には、すでに都にはいくつもの公衆浴場があり、風呂《ふろ》など滅多に入らずホコリにまみれていた羊飼い達は、その習慣に都市の香《かお》りを感じたのだろう。

　以後もスルタンや、そのとき寵愛《ちょうあい》を受けていたハセキ、または皇太后やパシャ達の手によって、いくつものハマムが建てられた。そこは単なる公衆浴場というだけではない。社交場であり、地域の集会所であり、また婦人達にとっては、普段はベールの下に隠《かく》れて見ることができない娘達を、息子の嫁《よめ》として値踏《ねぶ》みするお見合い場にもなった。

　浴場の他《ほか》に、東大陸を旅する商人達のキャラバンを泊《と》める宿舎や、劇場、遊技場などが併設《へいせつ》されることも多い。その収益は、都のあちらこちらにある貧民《ひんみん》のための給食所や宿舎、救護所などに回された。

　この国の唯一《ゆいいつ》絶対の神の教えの一つに、富める者は貧しい者に施《ほどこ》しをする義務があるとしている。だからこの国一番の富豪《ふごう》である歴代のスルタン達はこぞって、このような施設《しせつ》を街に寄付し、寵姫《ちょうき》や家臣であるパシャ達もそれに習った。

目的地である黄金《おうごん》の神殿《しんでん》に向かう参道は、これまた市街以上の人でごった返していた。キジル・エルマの市民だけではなく、遠くからの巡礼者《じゅんれいしゃ》達、それに頭に商品をのせて売り歩く行商人達。

道の両脇《りょうわき》には露店《ろてん》が並び、呼び込みの声が響《ひび》く。ひときわごった返しているのは、この街の名物のコーヒー売りだ。店のオヤジが銀の入れ物から小さな茶碗《ちゃわん》にそそぐ、黒く濃《こ》く薫《かお》り高い液体を、男達は立ったままですすっている。

ここから先は神の領域。たとえスルタンといえど、馬や車に乗ったまま立ち入ることは許されていない。セシル達も門の入り口で車を降りた。

神殿内はセシル達の到着《とうちゃく》にあわせて、一般《いっぱん》の参拝客は締《し》め出されており、セシルや侍女達は自由に散策を楽しむことができた。いつもは海の離宮《りきゅう》から遠くに眺《なが》めるだけだった、黄金造りの神殿に感嘆《かんたん》の声をあげ、内部を飾《かざ》るモザイクタイルの幾何学《きかがく》模様の美しさにため息をついた。

参拝をすませ、放し飼いの羚羊《かもしか》の親子が木陰《こかげ》で涼《すず》む中庭を侍女達やアシュガルとおしゃべりをしながらまわったあと、しきりに時間を気にするダネルに急《せ》かされるようにして、再び車に乗り込もうとした。

車の周りには、どうやら高貴な姫君が参拝中らしいということで、たとえ厚いベール越《ご》しでも一目その姿を見ようと、黒山の人だかりができている。もちろん、車には一切《いっさい》触れさせまいと、護衛の兵士達が「近づくな！」と声を張り上げ、群衆は遠巻きに眺めているだけではあったが。

セシルは侍女達とアシュガルを引き連れ、車に乗り込もうとした。

そのとき、「止まれ！」という兵士の制止を振り切って、数十人の男達が車の周りに駆け寄ってくる。

彼らの手には、陽光を受けて光る剣《けん》が握《にぎ》られていた。

アシュガルが「刺客《しかく》だ！」と叫《さけ》んだ。

⚜

時はその少し前。

「まったく、神殿の裏に奴隷市場があるとは、大帝《たいてい》の都にも恥部《ちぶ》があるということか。もっとも、アンジェの大教会の裏に売春宿が軒《のき》を連ねていたのだから、我が国とて笑えはしないがな」

オスカーは歩きながら呟《つぶや》く。が、それは後ろに従うピネに話しかけたものではない。もっとも、この無口な侍従《じじゅう》は必要なこと以外、滅多に自分から口を開こうとはせず、また無駄《むだ》な相づちも打つような性格ではないが。

今日、訪れた奴隷市場は、港から離れた場末も場末。さんざん港の奴隷小屋の競《せ》りにかけられて売れ残ったような娘《むすめ》や、転売された末に買いたたかれてやって来るような娘しか来ない小屋だ。

まさか、セシルがそのような小屋にいるとは思わないが……。

それぐらい、この異国の都での人捜《ひとさが》しは難航していた。奴隷商人達はもとより秘密主義で、商品の出所など話すはずもない。また西大陸ならともかく、東大陸ではアキテーヌの宰相《さいしょう》という肩書《かたが》きも通用せず、名乗ることもできない。剣で脅《おど》しつけて、騒ぎを起こすのももってのほかだ。

それでも、あのセシルのことだからなにか騒ぎを起こしてるはずだと、近頃《ちかごろ》奴隷《れい》市場でなにか騒ぎがなかったか訊《き》いてまわってみたが、それもさっぱりである。これは、アルマンが奴隷商人達に金をつかませた上に、アルビオンの体面に関《かか》わることときつく脅して、箝口令《かんこうれい》を敷《し》いたせいだが。

いや、そうでなくとも奴隷商人達や客達までもが、やはり口をつぐんだに違《ちが》いない。奴隷の取引はやはり彼らにとっては、この国の暗部に属するものだ。それを明らかに他国人とわかるオスカーに話すはずもない。

セシルが競りにかけられる前にアルマンに買われてしまったことも、オスカーの探索《たんさく》を困難にしていた。あれほど美しい娘?が競りにかけられれば、噂《うわさ》になったはずだ。だが、その前にセシルは、けして庶民《しょみん》の目に触れることのない場所に納められてしまった。

その場所とは……。

「やはりハレムか」

キジル・エルマ中の奴隷市場を捜していないとなれば、あそこしかない。いや、初めからセシルがいる可能性が一番高い場所ではあった。だが、それは最悪の事態であることも示す。

スルタン以外は男子禁制の女の迷宮。もし、男とばれたら。いや、もし噂の暴君が物好きでセシルを抱《だ》こうとして、それをあれが当然だが、激しく拒《こば》んだとしたら。もしかして……。

いや、生きている！ あれはどんなことをしても、生き延びるはずだ！ と思い直す。しかし、それでも困難な事態であることには変わりない。異国の宮殿《きゅうでん》の中、まして他国人にとっては想像すらできない、スルタンのハレム。

それでも、助け出すと心に決めていた。あれは私の妻だ。スルタンであろうとなんだろうと、他《ほか》の男などにくれてやれるものか！ たとえ、ナセルダランと一戦交えることになっても取り戻《もど》してみせる。

そんな思いを巡《めぐ》らせながら、やってきた神殿の正門。やって来る時にも人が多かったが、あきらかに密度が違う人の生け垣《がき》ができていた。

「ハレムの姫君だってよ」

「あんな分厚いベールごしじゃなくて、一度で良いからその顔を拝みたいものだ」

「馬鹿《ばか》、侍女といえども顔なんぞ直接見たらその首を刎《は》ねられるぞ。姫君ならなおさらだ」

〝ハレム〟という言葉に、引き寄せられて人混みに近づいた。しかし、そのオスカーを追い越《こ》すようにして、一人の男が強引《ごういん》に人を押しのけ割り込んで行く。なぜかその男が気になり、人の間に消えようとする後ろ姿を凝視《ぎょうし》する。

この国の男子の上着であるカフタンと呼ばれる長衣。指先まで隠すその長い袖口《そでぐち》から、きらりと覗《のぞ》く物。

剣だ！

そう知覚した瞬間《しゅんかん》、人々の悲鳴が上がった。

⚜

セシルの周りであがる侍女達の悲鳴。ダネルに「中へ！」と言われ、周りを取り囲んだ兵士達に押し込められるようにして、一旦《いったん》は牛車の中へ入ったが。

周りで起こる剣と剣を叩きつけあう乱闘の音。周りにいた見物人達の悲鳴や、男達の怒声。共に牛車に押し込められた侍女《じじょ》達は、耳を押さえぶるぶると震《ふる》えるばかりだ。

自分もこうなってもおかしくはないのに、なぜか平静なのが我ながら不思議だった。周りであがる音に気を配り、外の気配をうかがう。ダネルや兵士達のがんばりにもかかわらず、戦況《せんきょう》はあまり思わしくないようだ。

そのとき、扉《とびら》の外で大きく争うような音が響いて、緞帳《どんちょう》を締め切った暗い牛車の中に斬《き》り裂《さ》くような光が差し込んだ。

その眩《まぶ》しさに目を細めながらもセシルは、剣を手に中に入ってこようとする男の姿を捕《と》らえていた。

「アシュガル！　借りるね！」

横で目を丸くしている白人宦官《かんがん》の腰《こし》の剣を鞘《さや》ごと抜《ぬ》き取り、突《つ》き出された剣を間一髪《かんいっぱつ》受け止める。驚《おどろ》きに目を見開く刺客の顔を、その鞘に入った剣で殴《なぐ》りつけ、がら空きになった胴《どう》へと叩きこんで、外へと突き飛ばす。

が、刺客もこのままでは去れぬと思ったのか、それとも単なる偶然《ぐうぜん》か、セシルの衣《ころも》をつかんだ。投げ出される刺客の身体《からだ》に引きずられるようにして、バランスを崩《くず》したセシルも牛車の外へ。それを止めようと、衣の裾《すそ》にすがりついたアシュガルもその小さな身体では支えきれずに、共に外へと転がり落ちる。

目当ての獲物《えもの》が車から転げ落ちてきたと見て、刺客達が一斉《いっせい》に襲《おそ》いかかる。時間差で転げ落ちてきたアシュガルの小さな身体を受け止め、体勢が整わぬセシルが『やられる』と思った瞬間、目にも留まらぬ閃光《せんこう》のような剣の軌跡《きせき》が、自分に襲いかかろうとする全《すべ》ての切っ先をはじき飛ばした。

「こっちだ」

腕《うで》をつかまれ、逃げまどう人混みに紛《まぎ》れる。「姫様《ひめ》！　お待ちを！」とアシュガルもひょこひょことあとに従う。

数人の刺客達もセシル達の姿を見失わずあとを追ったが、彼らが逃げ込んだ路地で小山のような大男が前に立ちふさがった。この国ではなく、あきらかに西大陸風の服を身につけている。

「なんだお前は！」

叫んだ刺客の一人が斬りかかる。と大男は腕で受け止めた。キン！　と鉄と鉄がぶつかり合う音がして、刺客の剣は跳《は》ね返された。男の上着とシャツの袖《そで》が破れ、中から黒い金属のようなものが覗いていた。鉄でできた腕輪だ。

それだけではなく、大男は斬りつけてきた男の剣を無造作に奪《うば》い取った。剣を奪われたとたん、男が悲鳴をあげる。刺客達は痛みに地面を転げ回る仲間を凝視した。その片手で押さえている腕は、奇妙《きみよう》な形に折れ曲がっている。剣を奪われまいと握りしめていたために強い力がかかり、腕の骨がそれに耐《た》えきれなかったのだ。

それだけでも刺客達は戦慄《せんりつ》したというのに、大男はその奪い去った曲刀を飴《あめ》細工のように二つに折り、ねじり上げてしまった。

「ば、化け物だ！」

「べ、別の道から追いかけるぞ！」

刺客達は路地を引き返し逃げていった。

イェニサライにいたファルザードは、今日はセシルの護衛をしているはずのダネルが飛び込んで来たのを見て、なにが起こったのか彼が口を開く前に悟《さと》った。

「大神殿の門前で刺客達に襲われました」

「それで、ギュルバハルは無事か？」

「申し訳ありません！　襲われた混乱にお姿を見失いました」

「なんだと！」

「刺客の手を逃《のが》れるために群衆に紛《まぎ》れられたのだと思います。

　未《いま》だ街をうろついている奴《やつ》らが、先にハセキ様を発見するような事態になれば、大変なことに……なにとぞ、探索の兵を差し向けて頂きたく……」

　ここまで駆《か》けて来たダネルが息を切らせ切らせ、全てを話しきる前に「馬を引け！」と声を上げる。

　そばで聞いていたパシャの一人が驚き、そのまま執務室《しつむしつ》を出ようとするファルザードの前に立ちはだかる。

「いくら大切なハセキ様とはいえ、陛下自らが市街に出られるなど！　なにとぞ……」

「差し出口を叩《たた》くな！」

突き飛ばすというより、パシャの横っ面《つら》を殴るようにしてファルザードは強引に前に進んだ。殴られたパシャはその勢いで三歩ほどの距離《きょり》を吹《ふ》っ飛び、床《ゆか》に昏倒《こんとう》した。

床に倒《たお》れたパシャには一瞥《いちべつ》もくれず「ダネル！　行くぞ！」と呼びかけ部屋の外へ出る。息を切らしていたダネルも、一休みする間もなくまたファルザードのあとに従う。

とりあえず宮殿につめていた兵のありったけを探索に差し向けるように下知を出し、自らも馬に一鞭《ひとむち》くれ、城を飛び出す。それでは警護の兵がいなくなると悲鳴をあげる宮殿警護役の親衛隊長を「従わなければ、その首刎《は》ねる！」と捨てぜりふを吐《は》き、脅《おど》しつけて。

――――ギュルバハル……。

馬を駆けさせながら、脳裏《のうり》によみがえるのはかつて同じ名を与《あた》えた少女の死に顔。あのようにはさせない！

初めは、ほんの気まぐれな遊びだった。男の妾、男のハセキに疑《ぎ》心暗鬼《しんあんき》を巡らせ、追い落とそうとやっきになるだろう母親を笑うつもりで。

今回の忍《しの》びを、危険があると承知で許したのも、多少命の危険があろうと皇太后をあぶり出すには仕方ないと思っていたからだ。

だが、現実に襲われたと聞いて心が冷えた。

それに今の今まで気づかなかった自分に呆《あき》れるが。失うかもしれないという現実を突きつけられて初めて、抱《いだ》いていた愛《いと》おしさに気づく。

――似ていたからか？　違《ちが》うな……。

それだけなら、こんなにも惹《ひ》かれなかったかもしれない。

一人目のギュルバハルを愛した理由は、今となってはよくわからないのだ。遠い日の思い出は、悲しみとともに美しい夢となって、幻《まぼろし》となった北の国の少女はただ柔《やわ》らかく微笑《ほほえ》むのみ。

二人目のギュルバハル。髪《かみ》と瞳《ひとみ》の色がただ同じというだけだ。戯《たわむ》れに名付けた。

それなのによく似ていた。無邪気《むじゃき》な少女。ベールを嫌《いや》がるところも、林檎《りんご》の木に登りかねないお転婆《てんば》なところも。

だが、赤の他人に仕立て上げたはずの人形は、自分が何者かさえわからないというのに、己《おのれ》の意思を持っていた。間違っていると思えば、相手が何者であろうと間違っていると言い切ることができる。ファルザードを恐《おそ》れることなく、真っ直《す》ぐ見た瞳。

己の身を守るすべさえ知らず儚《はかな》く散った、かつての少女とは違う。気高く美しい薔薇《ばら》はしかし、小さな鋼鉄の棘《とげ》を持っている。剣《けん》をふるうとは思えない、白い小さな手。

あれはファルザードと同じく戦うものだ。そのくせ、心を凍《こお》らせることなく、他者をいたわる限りなく優《やさ》しい心まで持ち合わせているのだ。闇《やみ》の中にいた人間が光に焦《こ》がれるように、惹きつけられずにはいられなかった。目もくらむほどの眩《まぶ》しい輝《かがや》き。

一度目の恋《ギュルバハル》を失ったときは、もう二度と人など愛せないと思っていた。

あれと出会うその日まで。

こんな奇跡が二度まで起こった。三度目などあるはずはない。

だからこそもう、失うわけにはいかなかった。

♰

宮殿から飛び出した兵士達が、キジル・エルマ中を駆け回る。自分の引き起こした緊迫《きんぱく》した事態にまったく気づかず、セシルはのんきに街を見て回っていた。

にぎやかな大バザール。さすが東大陸随一《ずいいち》の都市と言われるだけあって、そこにはありとあらゆる物がそろっている。シェナの絹織物に、パガンや南の島々の香辛料《こうしんりょう》。砂漠《さばく》のオアシスでとれる干しぶどうやなつめやし、極上《ごくじょう》のワイン。

南国の果物《くだもの》と同時に、ルーシーの赤い林檎もそこにある。

色とりどりの宝石に、コーヒーを淹《い》れる豪奢《ごうしゃ》な銀器。貴人が、邸宅《ていたく》に賓客《ひんきゃく》を招いて振《ふ》る舞《ま》うときに使用されるものだ。

そして、砂漠の国の遊牧民が羊の毛から直接織る、絨毯《じゅうたん》。これもかかった歳月や職人のワザによってピンからキリまである。バザールの奥では、ラクダや馬まで取り引きする市場まであって、セシルはその珍《めずら》しさに目を丸くした。

普段見掛《ふだんみか》けることのない、豪奢なベール姿のセシルに、そこら中から売り子の声がかかる。

「綺麗《きれい》な姫様！　幸運の御守《おまも》りはどうだい？」

「わたくしのこと？」

「そう、エメラルドの原石だ。磨《みが》けばたいした宝石にもなるし、そのまま持っていれば幸運の御守りにもなる」

若い商人は、幼子の拳《こぶし》ほどの石をセシルに見せて言う。たしかに翠《みどり》がかった美しい石だ。

もっとよく見ようと、近寄ろうとしたところでアシュガルに「姫様！　先を急ぎましょう！」と強引《ごういん》に手を引かれて通り過ぎる。店の男が上等の獲物《えもの》を逃して舌打ちする。

「あんなものに引っかかってはなりませんぞ！　あれはペテンです！」

「でも、あの商人はエメラルドの原石だって……」

「真っ赤な偽《いつわ》りです！　あれはただの……緑色に塗《ぬ》った石です！　磨けば宝石になるどころか、塗った染め粉がとれてただの石に！」

「ずいぶん詳《くわ》しいのね、アシュガル」

「そ、それは……」

ペテン師だと罵《ののし》ったアシュガルのいかにも悔《くや》しそうな顔から、ピンと来る。

「もしかして、アシュガルも前に騙《だま》されたの？」

「……さすが姫様《ひめ》。鋭《するど》くてらっしゃる」

ははは……と乾《かわ》いた笑いを漏《も》らす白人宦官《かんがん》を見て、セシルもクスクスと笑う。

その笑いを収めて、前を行く男を見る。

今は後ろ姿だから、その明らかに西大陸渡《わた》りの黒ずくめの格好《かっこう》と、黒に近い褐色《かっしょく》の長い髪しか見られないが。賊《ぞく》に襲《おそ》われて腕《うで》を引かれて逃《に》げるときちらりと見た横顔は、強い意志を秘《ひ》めた鷹《たか》のように鋭い濃紺《のうこん》の瞳に、端正《たんせい》な白い面《おもて》の。

――――まるで、あれだ。西大陸のおとぎ話を写し取ったという細密画。侍女《じじょ》達が喜んで飽《あ》きもせずに眺《なが》めてる、あの中に出てくる眠《ねむ》れる姫君を目覚めさせる王子のようだな。

ただし、王子は白馬に乗り白い服を着ていたが、こちらは黒ずくめの上に、王子と言うには少々顔つきは鋭く重々し過ぎる。

王子様というより、王様のようであり、それに……ファルザードにも似ている。外見ではなく、雰囲気《ふんいき》や中身が。

セシルはまだ歩き続けられたが、横を歩くアシュガルがだいぶ辛《つら》そうだったので、バザールのはずれにある広場で、休んでくれるように頼《たの》んだ。

アシュガルは助かったとばかり、手近な岩を腰掛《こしか》けがわりに座り込んだ。セシルは、無表情だが明らかに不機嫌《ふきげん》の気配が漂《ただよ》う男に話しかける。

「ごめんなさい。わたくしの我が儘《まま》で、こんなところまで連れてきて頂いて」

「まったくだ。命を狙《ねら》われたばかりだというのに物見遊山《ゆさん》を続けるとは、ハレムの姫君というのはよほど浮世離《うきよばな》れしているようだな」

そう、すぐ城に送ると言った男に、帰る前にこの大バザールに行きたいと言ったのは自分だ。大神殿《しんでん》の他《ほか》に、アシュガルに聞いたこの場所も見たいと頼んだのだが、人が多すぎてだめだとダネルに却下《きゃっか》された。でも、どうしても見てみたくて。

「勝手にしろ!」と言われて「ええ、勝手にしますわ!」とすたすた歩き出した自分の後ろを、舌打ちしながら結局ついてきてくれた。愛想もなくてぶっきらぼうに見えるが、この西大陸渡りの男はとても優しい。

それに、心惹《ひ》かれる。なぜだろう?

「見たところ、西大陸の方のようですけど、なぜこのお国に?」

「答えていただけないほど、秘密のことなんですの?」

「………」

「人を捜《さが》しに来た」

「大切な方?」

「東大陸のこんな国まではるばるやってきたんだ。わからないか?」

男が憔悴《しょうすい》しきったような表情でため息をつく。セシルはわけがわからずに「ごめんなさい」と謝った。なぜ、謝ったかはわからないが。

「あなたに謝ってもらう必要はない。その言葉が欲しいのは、当人を見つけたときに、当人の口からだ」

明らかに怒《おこ》っている口調だが、それだけに、この男がその人をどれだけ想《おも》っているかわかる。

おそらく一刻も早く捜し出したいだろうに……。自分の我が儘がその貴重な時間を削《けず》ってしまったのかと思うと、良心がツキンと痛んだ。

あとから考えてみると、その胸の痛みにはもっと別の痛みが混じっていたのだけれど……。

「ここで待っていてください」と男に告げて、バザールへと戻《もど》る。「ま、待ってください！　姫！」と岩から飛び降りたアシュガルも追いかけて来る。

セシルは急ぎ足で、自分に声をかけた商人の下《もと》へと戻った。商人は戻ってきたセシルを見て意外そうな顔だ。

「あの幸運の石を下さい！」

「ひ、姫様！　そのようなインチキな石など……」

「アシュガルは黙《だま》っていて！」

商人は上機嫌《じょうきげん》で「あんたは運がいい！　これほどの石を金貨一枚で買えるなんてことは、他ではないよ！」と言う。

アシュガルが甲高《かんだか》い声をさらにとがらせて、素《す》っ頓狂《とんきょう》な声をあげる。

「金貨一枚だって！　ただの石ころに、金貨一枚の価値などあるものか！」

「なんだい！　あんた！　うちの商品にケチをつける気かい！」

商人とアシュガルが言い争っているのをよそに、セシルは考え込んでいた。金貨一枚……しかし宮廷《きゅうてい》暮らしのセシルには、当然持ち合わせがない。

「アシュガル、あなたお金持ってる？」

「今日は姫様のお供ですからな。普段ならばともかく……」

白人宦官は言葉を濁《にご》す。いや持ち合わせがあったとしても、一度懲《こ》りた彼は二度とここでは支払《しはら》わないと決めていた。

「なんだい。金がないのかい！」とたんに手のひらを返したように「冷やかしなら、行った！行った！」と犬でも追い払《はら》うように手を振る商人の鼻先に、セシルはとあるものを突《つ》き出す。

「これはお金の代わりになるかしら？」

「ひ、姫様！　それは純金製の腕輪《うでわ》！」

セシルの身を飾《かざ》っていたものだ。商人は瞳《ひとみ》を輝かせたが、しかし次の瞬間《しゅんかん》わざとらしく考え込み。

「うーん、金貨一枚にはちと足りないが……」

「嘘《うそ》をつけ！　それなら金貨五枚分で、まだおつりが来るほどだ！」

アシュガルが横からわいわいとわめくが、商人はそれを無視して。

「まあ、美しい姫様の頼みだ。断れねぇな」

「ありがとう」

「姫様！　礼をいうことなどありません！　この商人は大ペテン師で！」

わめく白人宦官の頭の上で商談は進み、セシルは緑色の石を手に入れた。まだ商人に文句を言っているアシュガルを残して、また小走りに広場に戻る。アシュガルも慌《あわ》ててセシルのあとを追ってきたが。

男の姿はまだ広場にあった。ほっと息をついて歩み寄る。

「これは、幸運の御守りです。あなたの大切な人が見つかるように」

彼の大切な人捜しの時間を割《さ》いてしまったことで、何か埋《う》め合わせをしようと思ったが、きっとこの男は宝石や金貨などでは心動かされないだろうと思ったから。

といっても、こんなただの石ころが本当に慰《なぐさ》めになるとは、セシルも思ってはいない。だが、無関心にみえながらも先ほどのセシルと商人、アシュガルとのやり取りを聞いていたのだろう。男が石を見つめて微笑《ほほえ》む。

「私はまじないなど信じないのだがな」

「では、わたくしがあなたの力になりましょう。あなたの探している方の名は？　どんな方なのですか？」

きっとファルザードなら、彼の捜し人を簡単に見つけてくれるはずだ。

男は少し考えたあと、口を開いた。

「では訊《き》きたい。近頃《ちかごろ》、そちらの後宮《ハレム》に、金の髪《かみ》に灰色の瞳の娘《むすめ》が納められなかったか？　元の名はセシルと言う」

「セシル……アシュガルは知らない？」

「さあ、私も離宮《りきゅう》に詰《つ》めるようになってかなりたちますからな、今のハレムのことはなんとも……」

普段《ふだん》は道化を演じていても、そこは長年宮廷に暮らしてきた宦官だ。それが誰《だれ》のことかすぐに気づきながらも空とぼける。「さて、姫様、そろそろお城に戻りませんと……」そんな風にさりげなく、自分の仕える姫を男と引き離《はな》そうと促《うなが》しながら。

しかし、その姫君は考え込んでいた。男が呼んだ「セシル……」という響《ひび》きが気にかかる。

「その名前…どこかで聞いたような気がします」

「本当か⁉　どこで⁉」

記憶《きおく》を失う前に聞いたのだろうか？　金髪《きんぱつ》に灰色の瞳。それは自分の髪と目の色ではないか……まさか⁉

「どこで聞いたんだ⁉」

答えぬのに焦《じ》れたのだろう。男が必死の顔で肩《かた》をつかみ揺《ゆ》さぶる。我に返って、首を振《ふ》る。

「わかりません。どこで聞いたのか……どうしても……」

馬鹿馬鹿《ばかばか》しい。自分はずっと彼のそばにいたと、ファルザードはそう言った。それに自分はギュルバハルだ。この男の捜しているセシルのはずはない。

なのにどうしてその名がこれほど気になるのだろう。

肩をつかんでいた手の力が抜《ぬ》け、自分の顔を見つめていた男が周囲を見て舌打ちした。

「しまった！　囲まれた」

「え？」

広場のまわりに植えられた木々の陰《かげ》から、先ほどの刺客《しかく》達が姿を現す。広場に幾人《いくにん》かいた人々は、抜き身《み》の剣《けん》を下げた男達の姿に悲鳴をあげて逃《に》げたが、彼らはそのあとを追わない。目的は一つだからだ。

長身の男にかばわれるようにして立つ、ベール姿の娘。

「怪我《けが》をしないように、私のそばを離れるな」

「いいえ。わたくしも戦えます」

「姫様《ひめ》！」とアシュガルが捧《ささ》げ持つ、その細身の剣を、鞘《さや》からすらりと抜いた。

『生半可な姫様剣法《けんぽう》では怪我をするぞ！』そう言おうとして、響いた男の絶叫《ぜっきょう》にオスカーは口を閉ざした。ベール姿の姫君に剣を絡《から》め取られはね飛ばされた刺客は、返す剣の先で右手首から血を流していた。あれでは腱《けん》を断《き》られただろうから、一生右手で物を持つのは難しいかもしれない。少なくとも、武器が持てぬのでは命はあっても戦力にはもうならない。

オスカーは襲《おそ》いかかる刺客をその振るう剣で斬《き》り捨て叩《たた》きのめしながら、小柄《こがら》な勇者の戦いぶりを横目で見る。相手の力を逆に利用して剣を受け流し絡め取り、できた隙《すき》の喉《のど》もとや腹、または手首や足などの、突きどころによっては一撃《いちげき》で相手を行動不能にできる場所を的確に捉《とら》える。普通《ふつう》に戦えば力負けする小柄な身体《からだ》ゆえに、編み出した戦法だろう。

――――似てる！　いや似すぎている!?

あんな裾《すそ》を引きずる衣を纏《まと》いながらも、優美で軽《かろ》やかな。足さばきはダンスのステップを踏《ふ》むように弾《はず》む。まるでドレス姿で剣を振るう、捜し人そのもの。

賊《ぞく》に周りを取り囲まれて、背中合わせに剣を構える。背格好《せかっこう》もぴったり一致《いっち》する。

「やるな！」

「そちらこそ！」

この声。男にしては高い地声をことさら高く作った女声。とても男が出しているとは思えぬ、可憐《かれん》な小鳥のさえずりか、小さな鈴《すず》を手のひらで転がすような。その物言いは、少し生意気で、なにか悪戯《いたずら》を企《たくら》んでいるような、それでいて可愛《かわい》らしい。


どうしてこんなに近くにいて気づかなかった！

「セシル！」

「え？」

振り返り片腕《かたうで》で胸の中に抱《だ》き込んで、その厚いベールをはぎ取る。現れた姿はやはり……。

「セシル、やっぱりお前か！」

「な、なにを言って」

「こんなものを被《かぶ》って、人をからかうのもいい加減にしろ！　どれほど、私が心配したか！」

「なんのことだかわかりませんわ！」

言い争い出した二人の事情など関係なく、刺客達も斬りつけてくる。二人は再び剣を構え、戦いながらも怒鳴《どな》りあう。

「とぼけるのはよせ！　本気でこの国に置いて行くぞ！　セシル！」

「ですから、なんのことかさっぱりわかりませんし、わたくしはセシルではありません！」

そこでようやく、セシルの様子がおかしいことにオスカーも気づく。再び腕《うで》を摑み、自分を睨《にら》み付けた顔を凝視《ぎょうし》する。

「セシル、お前……本当に私がわからないのか？」

さすがのオスカーも混乱していた。これが本当にとぼけたりからかわれたりしているなら、怒《おこ》ることもできる。だが、セシルは大まじめのようだ。

大まじめに自分のことがわからないと言う。

自分のことを忘れたと……。

しかし、そこにまたもや刺客達が割り込んで、オスカーは舌打ちした。これではゆっくり話もできない。

「別の場所に移るぞ！」

「ちょっ！」

白い手をつかみ、大きく剣を振る。できた退路を全力で駆《か》ける。

「お、お待ち下さい！　姫様！」

二人のあとを、アシュガルが慌てて追っていく。そのあとを刺客達が追おうとしたが、ようやく広場の騒《さわ》ぎに衛兵達が駆けつけ、大乱闘《らんとう》のうちに彼らは捕《と》らえられた。

⚜

「なんのことか全然存じあげませんわ！　わたくしの名は、ハセキ・ギュルバハル。スルタン・ファルザードの妃《きさき》です！」

きっぱり名乗ると、黒衣の男はまた深くため息をついた。さっきから、こんなやり取りを何回繰り返したかわからない。

連れ込まれた裏路地の行き止まり。陽光に白く輝《かがや》く土壁《つちかべ》に囲まれた空間は、さっきから人っ子一人通らない。そこで二人はえんえん不毛な言い争いを続けていた。

アシュガルも途中《とちゅう》までついてきていたはずだが、はぐれてしまった。

「お前はセシルだ。私の妻だというのが、わからないか⁉」

「わかりません！」

西大陸渡《わた》りの黒衣の騎士《きし》はオスカーと名乗った。

しかも、驚《おどろ》いたことに自分がその妻だという。

ロンバルディアの祭りで人さらいにさらわれて、奴隷《どれい》としてこのナセルダランに売られて来たのだと。

話として筋は通っている。

しかし、セシルは信用しなかった。

「それならば、ファルザード様はなぜわたくしがずっと前から居た寵姫《ちょうき》などと、おっしゃったのです？　お戯《たわむ》れにしては度が過ぎていますし、そうする意味もありません」

「それは私も不思議だ。一体、この国の主《あるじ》はなにを考えているのかとな。お前を寵姫などに仕立て上げるとは物好きな」

男は心底不思議そうに言う。こんな顔が演技だとしたら、この男は相当なペテン師だ。

「ファルザード様が嘘《うそ》をおつきになるはずなどございません。ふざけているのは、あなたのほうです」

「なぜ、スルタンの言葉などを信用して、私の言葉を信じない！」

「当たり前です！　あなたは得体の知れぬ、西大陸の男で、あの方はこの大ナセルダランのスルタンです」

「…………」

それならば、『私はアキテーヌの宰相《さいしょう》にして公爵《こうしゃく》だ！』と、オスカーは叫《さけ》びたかったに違《ちが》いないが、彼はセシルにも自分は西大陸の騎士で、お前はその妻だ、と告げるだけで、自らの身分を明かすことはなかった。

そんなことを言えば、よけい信憑性《しんぴょうせい》がなかったからだが。

「わたくしの生まれはルーシーで、十四歳でハレムにあがってからずっと、ファルザード様のお側《そば》にいました。

ご立派な騎士様。あなた様はなにか勘違《かんちが》いをなされているのではありませんか？　わたくしは、ハセキ・ギュルバハル。あなた様がお捜しになっている奥様とは別人です」

嫌《いや》みったらしく言ってやるが、オスカーという男はやはり大まじめな顔で「私がセシルを見間違えるはずはない！　お前はセシルだ！」と繰《く》り返す。

頭が痛くなってきた。

「他人のそら似ということもございますわ」

「これほどそっくりな人間などいるものか！」

「では、そのような奇跡《きせき》が起こったのでしょう。わたくしたちが信じる唯一《ゆいいつ》絶対神様も、時にはこのようなお戯れをなされた。あなたのお国の神様も」

「なぜ、そう頑《かたく》なに私の言葉を信じない⁉　お前の記憶《きおく》がないのは事実であろう？　スルタンの言葉を少しは疑ってみろ！」

「わたくしも、なぜそうあなたが頑なに、わたくしのことを捜している奥方だと言い張るのか不思議ですわ！

　少しはご自分の間違いだとお思いにならないのですか？」

「自分の妻を誰《だれ》が間違えるか！　お前はセシルだ！」

「………」

　セシルはため息をつき、男を置いて路地を出ようとした。

　その腕を強い力でつかまれる。

「どこへ行くつもりだ⁉」

「宮殿《きゅうでん》に戻《もど》ります。あなたを相手にしていては埒《らち》があきません。頭がおかしくなりそうです！」

「私のほうこそ狂《くる》いそうだ！　本当に私のことを忘れてしまったのか⁉　セシル！」

「あなたなど知りません！」

振《ふ》り払《はら》おうとした手はしかし、強い力でつかまれほどけなかった。逆に片腕だけじゃなく、両手首をつかまれ、男の腕の中に閉じこめられる。

「放してください！　これ以上の無体をすれば、大声で人を呼びますよ！」

「呼ぶがいいさ。さっきから声を張り上げて言い争いをしているというのに、誰もやっては来ないがな」

「………」

男の言ったことは事実である。セシルは戦法を変えることにした。

「今頃《いまごろ》、宮殿は大騒《おおさわ》ぎになっているはず。寵姫誘拐《ちょうきゆうかい》の犯人にされたくなかったら、わたくしを大人しく返すことです」

「お前は宮殿には戻らない。私とともに、今すぐアキテーヌ行きの船に乗るんだ。今は記憶が戻らなくとも、向こうに戻ればそのうち取り戻すだろう」

「なっ！」

男の傲慢《ごうまん》な言葉に、セシルは目の前が真っ赤に染まるほど怒《いか》りを憶《おぼ》えた。それとともに、自分をつかまえる手に、恐怖《きょうふ》を憶える。手を引かれ、むやみに暴れ出す。

「わたくしをどうするつもりですか！　この人さらい！」

それは憶えていなくとも、ごく最近潜在《せんざい》的に植え付けられた恐怖だった。誰かと引き離される。二度と会えないかもしれない。

「こら、大人しくしろ！」

「いや！　ファルザード様！」

その凍《こご》える感情に塗《ぬ》りつぶされた心は、目の前にいる男がそのもっとも会いたい相手であることに気づかない。

記憶を失っているとはいえ、自分以外の男の名を呼び助けを求めるセシルの姿に、オスカーの瞳《ひとみ》が剣呑《けんのん》に光る。

「私の前でそれ以上、その男の名を呼ぶな！」

「嫌《いや》っ！　ファルザード様！」

叫んだとたん、唇《くちびる》をふさがれていた。

だが、次の瞬間《しゅんかん》、男は顔を上げる。怒りの表情で口の端《はし》から垂れた血をぬぐう、その仕草にセシルは息を飲む。


前にも……

こんなことがあった。

あれは一体いつ？


「心を通い合わせた者でなければ、口づけは受けられないとそう言いたいのか？」

男が告げた言葉はセシルの心情をそのまま言い当てていた。それに、自分はその言葉をかって誰かに言った。

誰に……？

「私にお前が言ったのだ。今のお前のように親の敵《かたき》のごとくにらまれてな。あの時は参ったぞ」

「あなたの言うとおりだとしたら、わたくしたちは夫婦でありながら憎《にく》みあっていたわけですね？」

「ああ、初めは互《たが》いを互いに敵だと思い込んでいた。ある意味、お前は私の寝首《ねくび》をかくために、輿入《こしい》れしてきたようなものだったからな」

「そのような妻ならば、さらわれて万々歳《ばんばんざい》ではなかったのですか？」

「あの時ならば、そうだっただろうな。だが、いつの間にか愛し合っていた。お前も私を……」

「戯言《たわごと》を！　口から出まかせはおよしなさい！」

「嘘だと思うか？　今、お前はかすかに思い出したはずだ。その記憶をたどれ。その男のぬくもりを、声を……」

たしかに昔そんなことがあった。だが、その人物の顔はやはりもやに包まれていてわからない。どうしても思い出せない。

しかし、こんな声ではなかったか？　こんなぬくもりではなかったか？

近づいてくる唇をセシルは拒《こば》めなかった。

しっとりとした唇は自分が傷つけた血の味がした。

「ギュルバハル！」

自分の名を呼ぶ声。現実に立ち返って、男を突《つ》き飛ばす。

馬の蹄《ひづめ》の音。白馬に乗ってやってきたのは、銀の髪《かみ》をなびかせたファルザードだ。セシルを捕《と》らえる男を目にしたとたん、鉛色《なまりいろ》の瞳に青白い炎《ほのお》が燃え上がる。よほど胆力《たんりょく》のあるものでなければまともに正視することもできないほどに、すさまじい殺気を帯びている。

「ギュルバハルから離れろ！　下郎《げろう》！」

「離れてろ！　セシル！」

男はセシルの身体《からだ》を突き飛ばし、馬から飛び降り抜《ぬ》き打ちざまのファルザードの剣《けん》を受ける。

その打ち込みはすさまじく、触《ふ》れあう剣から火花が散ったほどだ。

「余の剣をまともに受ける者がいるとはな」

「ぬかせ！」

一合、二合、三合、剣を叩《たた》きつけあう。四合目で力比べに入り、どちらも一歩も譲《ゆず》らず、引いて間合いを取るときも、寸分違《たが》わず同じ。

セシルが一瞬《いっしゅん》、自分の立場も忘れて、男達の戦いに見惚れてしまったほど、二人の剣技《けんぎ》は素《す》晴《ば》らしかった。東大陸と西大陸、剣の流儀《りゅうぎ》は違《ちが》えど、その剣の重さや威力《いりょく》、素早《すばや》さや駆《か》け引きの呼吸まで双子《ふたご》のようによく似ている。

しかし、実力が拮抗《きっこう》しているならば、一瞬の気のゆるみや偶然《ぐうぜん》、そんなもので勝負が決まる。すなわち、ファルザードが負ける可能性もあるということだ。

なんとかしなければ……。ただそう考えて身体が動いていた。

二人がこれ以上戦いあうのを見たくなかったからだ。


再び剣を叩きつけあおうとした、そのときだ。飛び出してきた影《かげ》に、オスカーは寸前で剣を止める。

「セシル……」

剣をおろし、呆然《ぼうぜん》とその姿を見る。

セシルは、相手の男をかばって自分の前に立っていた。

「危ないではないか！　ギュルバハル！」

相手の男も直前で剣を止めていた。セシルは男を振り返り。

「陛下！　誤解なさらないでください。この方は、刺客《しかく》の手からわたくしを救ってくださいました。賊《ぞく》の仲間などではありません！」

陛下だと！　ではこの男がスルタン・ファルザード!?　未《いま》だ、セシルがその皇帝《こうてい》をかばったことが信じられず、オスカーは相手を見る。

「それはまことのことか？」

「嘘《うそ》を言ってなんになりましょう」

「では、ギュルバハル。そなたの言葉を信じよう。

余に剣を向けた罪は、我が愛妾《ハセキ》を助けたことによって、問わぬ」

ファルザードは羽織っていたマントを肩《かた》から落とすと、それでセシルの身をベール代わりに包む。後ろからガチャガチャと武具を鳴らしながらようやくやってきた、兵士達の目から隠《かく》すためだ。

衛兵がファルザードと共に姿を見せなかったのにはわけがある。この近辺でセシル達を見失いうろうろしていたアシュガルの報告を受けたファルザードが、彼らを置き去りにして単騎《たんき》飛び出して行ってしまったのだ。

「ギュルバハル」

ファルザードがセシルの肩を抱《だ》き促《うなが》す。セシルは、未だ呆然としているオスカーをちらりと横目で見、しかしファルザードと共に歩み出す。

「セシル！」

追いかけようと一歩踏《ふ》み出して、重なる槍《やり》の柄《え》にそれを阻《はば》まれた。いつまにか、まわりを兵隊に囲まれ、ファルザードと共に遠ざかるセシルを追おうとするオスカーの行方《ゆくえ》を阻む。

「下がれ！　陛下の御前なるぞ！」

「どけ！　邪魔《じゃま》をするな！」

力ずくでも突破《とっぱ》しようとしたところを、後ろから強い力で羽交《はが》い締《じ》めにされる。誰《だれ》だ！　と後ろを振《ふ》り返れば……。

「ピネ！」

アンジェならばともかく、さすがに慣れぬ街で自分達を見つけるのに手間取ったのだろう。忠実な侍従《じじゅう》のこの行動に、信じられぬと目を見開き。

「放せ！　ピネ！　セシルが！」

前を見れば、ファルザードの騎乗《きじょう》する腕の中に抱きかかえられるようにして、立ち去ろうとするセシルの姿が。マントに包まれたその姿は、蜂蜜《はちみつ》色をした髪の一房《ひとふさ》さえ見ることができない。

「セシル！」

それでも、遠ざかる愛《いと》しい者に向かって、オスカーは叫《さけ》んだ。

そしてまたファルザードにもわかっていた。

「あの人……」

「ん？」

手綱《たづな》と腕に囲まれた中、マントにくるまれた小さな白い顔が自分を見上げる。

「俺のことをセシルって呼んだ」

「気にするな。なにかの間違いだ。お前はギュルバハルだ」

「うん……」

頷《うなず》いた。しかし、その揺《ゆ》れる語尾《ごび》と唇《くちびる》を噛《か》みしめた表情は、とても納得《なっとく》しているとは言い難い。当たり前だ。たとえ記憶《きおく》になくとも、身体が心が憶えている相手だ。自分をその懐《なつ》かしい相手に見立てて、盛んに思い出そうとしていた。

そう、自分によく似た男。一目見て同類だとわかった。考え方はもちろん、その力量、剣の腕《うで》さえも……。

――取り戻《もど》しに来たのか……。

巌《いわお》のような強靭《きょうじん》な意志を持つ魂《たましい》。ならば、けして諦《あきら》めることはない。この腕の中の存在を自分が手放さないとすれば、あの男とは再びぶつからねばならない。その戦いはどちらかが倒《たお》れるまで決着はつかないだろう。

――だが、渡《わた》さない。

あの男を見たとき思った。とてもセシル……いやギュルバハルを渡すことなどできないと。お前がそれを求めているように、自分もこれを求めているのだ。

⚜

ファルザードが立ち去り、兵も去って、広場は元の閑散とした様子に戻った。

背を向けるオスカーにピネが頭を下げる。

「申し訳ありません」

「お前が謝ることはない。私らしくもなく、頭に血が昇りすぎていたようだ。

たしかにお前の判断は正しい。私はこの国ではなんの力も無く、奴《やつ》はスルタンだ」

手に残ったベールを握《にぎ》りしめる。だが、スルタンだろうとなんだろうと、たとえ神だろうがあれを渡すことなどとうていできない。

「私のことを憶えていようが、憶えていまいが関係はない！　あれは私のものだ！　セシルはかならず取り戻す！」

あとがき

このスルタンの話の始まりは、一年以上も前。地元のホテルのレストランで、担当さんとお会いしていたときのことでした。

五月も終わり、まだ『アルビオンの騎士』も出てなくて、その最終的な打ち合わせの最中だったのです。

話も一段落ついて、アルビオン以後の作品について聞かれた私は……実はなんにも考えてませんでした（笑）。

しかし、担当さんを喜ばせる？為《ため》には、なにか言わねばならぬ！　ううむ……と一瞬《いっしゅん》考えて口から飛び出したのが。

「セシルがトルコ（をモデルにした国）の後宮《ハーレム》に収められちゃうっていうのはどうでしょう？」

それを聞いた担当さんはすかさず「いい！」と答えてくださったのですが……。

やはり、全然、さっぱし、なにも、考えてなかったのです！

その後もアルビオンの前、後編、すかさずマルガリーテのお話、その上、短編集と楽しいながらも苦しい（笑）お仕事に追われ、けして速筆と言えない私は、迫《せま》り来る締《し》め切りをこなすうちに、その口からでまかせをすっかり忘れはてていたのでした。

が、しかし、今度はそのコードネーム〝トルコ〟を書かねばなりません。ヨーロッパの貴族の世界なら、多少なりとも予備知識はありますが、今回はさっぱり五里霧中《ごりむちゅう》。なにしろ、知ってる言葉といえば、スルタンにハーレムにイスタンブール……だめだこりゃ。

というわけで、急いで資料をかき集め、頭の中にたたき込みましたとも。しかし、その関連の本を読めば読むほど……。

トルコって面白《おもしろ》い！

いえ、正確にはオスマン・トルコと言うべきなんでしょうけど。その全盛時《ぜんせいじ》の版図は、私たちが世界地図で見る現在のトルコとは違《ちが》います。なにしろ、黒海を内海として飲み込み、北はハンガリーやウクライナ、南はエジプトとその先の地中海《ちちゅうかい》沿岸を領土とする、ヨーロッパとアジア、アフリカにまたがる巨大《きょだい》な帝国《ていこく》を築いていました。

その全《すべ》ての権力がスルタンと呼ばれるただ一人の人物に集中していたのです。当然、その政治闘争《とうそう》は激しく、そこにハーレムという女の園《その》の思惑《おもわく》が加わって、隠微《いんび》で華麗《かれい》な宮廷《きゅうてい》絵巻が繰《く》り広げられたことでしょう。

その女達の衣装《いしょう》がまたきらびやかなこと。あの分厚いベール一枚下が、かくも優雅《ゆうが》でたおやかな衣装だったとは知りませんでした。地元の美術館で、トルコ展がちょうど開かれたのも幸いしましたね。その展覧会のパンフは一生の宝物です。

さて、この『黄金の都のスルタン』ですが、続いてます（汗）。ですが、後編はそうお待たせせずにお手元にお届けできると思います。発売は十二月予定です。タイトルは『蒼《あお》き迷宮のスルタン』のはずです。

それから、一旦閉鎖《いったんへいさ》したサイトですが、再開いたしました。アドレスは以前のまま、「http://simayuki.vis.ne.jp/」となっております。サイト名は「ぐれ～す」。iモードでもご覧になれますので、こちらでもアクセスしてみてください。新刊・既《き》刊《かん》案内や近況《きんきょう》など、あっさりした内容となっておりますが、情報は早いはずです。

サイトの掲示《けいじ》板《ばん》に感想を書き込んでくださるみなさま、いつもありがとうございます。編集部のほうに下さるお手紙もいつも楽しく拝見しております。返信できなくて、まことに申し訳ありません、この場を借りてお礼申し上げます。

それからもう一つ！

このローゼンが、ラジオドラマになりました。八月よりFM大阪《おおさか》系で、早朝放送されていたのですが、十月にはその第一弾《だん》CDが発売となる予定です。内容は「ボルサ事件」。あとはローゼンの一番最初のお話である、『仮面の貴婦人』の内容を収めたCDが十一月、十二月と発売になる予定です。こちらも合わせてよろしくお願いします。

宣伝してるうちになんだか、ページが埋《う》まってしまいました。では、十二月発売予定の『蒼き迷宮のスルタン』でまたお会いしましょう。

志麻友紀

「ローゼンクロイツ　黄金の都のスルタン」の感想をお寄せください。
おたよりのあて先
〒102-8078　東京都千代田区富士見2-13-3
角川書店アニメ・コミック事業部ビーンズ文庫編集部気付
「志麻友紀」先生・「さいとうちほ」先生
また、編集部へのご意見ご希望は、同じ住所で「ビーンズ文庫編集部」
までお寄せください。

BEANS BUNKO

ローゼンクロイツ
黄金《おうごん》の都《みやこ》のスルタン
志麻友紀《しまゆき》

角川ビーンズ文庫　BB3-6　12646

平成14年10月1日　初版発行

発行者――井上伸一郎
発行所――株式会社角川書店
東京都千代田区富士見2-13-3
電話／編集（03）3238-8506
営業（03）3238-8521
〒102-8177　振替00130-9-195208
印刷所――暁印刷　製本所――コオトブックライン
装幀者――micro fish

ISBN4-04-445106-0 C0193 定価はカバーに明記してあります。

志麻友紀の大人気シリーズ!
ローゼンクロイツ
志麻友紀
イラスト/さいとうちほ
華麗なる新世紀グランドロマン!!
大好評既刊!
ローゼンクロイツ 仮面の貴婦人
ローゼンクロイツ アルビオンの騎士(前・後編)
ローゼンクロイツ エーベルハイトの公女
ローゼンクロイツ・プレザン 4つの変奏曲《キャトル・ヴァリアシオン》
●角川ビーンズ文庫●

喬林 知
イラスト／松本テマリ
Q.マのつく自由業って？
A.魔王。
絶好調！
抱腹絶倒ファンタジー！
今日から㋮のつく自由業！
今度は㋮のつく最終兵器！
今夜は㋮のつく大脱走！
明日は㋮のつく風が吹く！
きっと㋮のつく陽が昇る！
閣下と㋮のつくトサ日記!?
○角川ビーンズ文庫●

●角川ビーンズ文庫●
ジェイダイドの封印
六《りく》千《せ》扉の森
こづみ那巳
イラスト／蓮見桃衣
瑠璃玄鳥よ、我が妻を招《よ》べ
邪悪な魔女を追って、ジウは花嫁候補の莉花とともに旅に出る……。
銀の王子とじゃじゃ馬姫魔女の、魔法的御伽噺《マジカル・ファンタジー》。